Licht und Dunkelheit

Quellennachweis

Internet- Deutsche Schlaganfallhilfe ev. Liz Mon
Seidene Küsse. Jasmin & Aveleen Jehta Avide
Der Schlaganfall und das Leben danach. Dr Udo Zifko
Uni- D Dr. h c. Gerhard S. Barolin
Die Rechte behinderter Menschen und ihrer Angehörigen Peter Trenk- Hinterberger

Volker Grensemann

Licht und Dunkelheit

Teil 1

Bibliografische Information der Deutschen Nationalbibliothek
Die Deutsche Nationalbibliothek verzeichnet diese Publikation in der
Deutschen Nationalbibliografie; detaillierte bibliografische Daten sind
im Internet über http://dnb.d-nb.de abrufbar.

© 2013 Volker Grensemann
Satz, Umschlaggestaltung, Herstellung und Verlag:
BoD – Books on Demand
ISBN 978-3-7322-6978-5

Inhalt

Quellennachweis	2
Einleitung	7
Der Tag der alles veränderte	13
Die Verlobung:	23
Der erste Urlaub	28
Die Wohngruppe	43
Der erste Anfall	78
Das Konzert	86
Bewegungsbad:	93
Fuerteventura	103

Einleitung

Dieses Buch schreibe ich, um noch etwas Sinnvolles in meinem Leben zuschaffen. Es soll Gleichbetroffenen helfen mit ihren Problemen fertig zuwerden und nicht zu verzagen. Es soll aber auch ein Dankeschön an alle die Menschen sein, (Freunde, Bekannte, Ärzte, Therapeuten u s w, die mir mit Rat und Tat geholfen haben! Sie alle hier aufzuführen würde zuviel Zeit und Platz kosten. Obwohl sie es verdient haben. Im ersten Absatz schreibe ich von „Gleichbetroffenen", weil mich in der Hälfte meines Lebens ein schwerer Schicksalsschlag ereilte, der bestand darin, dass ich mit38 Jahren, auf der Autobahn einen Schlaganfall erlitt. Bis dahin verlief mein Leben geordnet! In Eisenach (Thüringen) bin ich am 31. 12. 1959, am Fuße der Wartburg geboren. Im evangelischen Kindergarten lernte ich zum Erstenmal Gott und meine Beziehung zu ihm kennen. Da verstand ich auch, warum meine Oma aus Franzburg so gläubig war. Sie hatte schwer Krebs und fand durch ihren Glauben Kraft und Stärke. Nun ist sie im Himmel, aber ich bete oft für sie und die anderen, lieben Menschen, die mir noch geblieben sind, auch wenn sie mir sehr weh getan haben, wie meine liebe Ina. Doch dazu und ihrer Rolle in meinem Leben möchte ich erst später kommen, weil sich meine Gefühle für sie ständig ändern! Eigentlich war ich schon immer ein wildes Kind und habe meinen Eltern bestimmt nicht immer Freude gemacht. Aber ich habe mich bemüht ein guter Junge zu sein. In meiner Jugend habe ich mit meinem Moped, (Schwalbe)

Thüringen unsicher gemacht. Da konnte ich ja auch Mal ein Mädchen mitnehmen (die haben sich dann immer ganz fest an mich gedrückt) um nicht runterzufallen. Ansonsten habe ich alle Sportarten ausprobiert, zu denen ich die Möglichkeit bekam, z. B Fechten, Skifahren, Rettungsschwimmen, Surfen, Gleitschirmfliegen, Judo und andere Kampfsportarten. Dem Judo bin ich 30 Jahre treu geblieben. Aktiv, als Übungsleiter, Kampfrichter und Betreuer. Durch meine vielen Interessen hatte ich natürlich auch einen großen Freundeskreis. Heute sind es leider weniger geworden, bis auf ein paar wenige, treue Seelen die noch zu mir halten, ist es sonst recht ruhig geworden, um mich herum und das mir, wo ich doch immer so kontaktfreudig war. Mein Buch habe ich so genannt, weil mein Leben aus schlechten (Dunkelheit) und schönen Zeiten (Licht) besteht. Diese schönen Zeiten habe ich in meiner Kindheit und Jugend erlebt. Licht gaben mir die Mädchen und Frauen, die ich kennen lernen und lieben durfte. Sie haben mich Hassen, Glauben und Zweifeln gelernt. Nach meiner Scheidung 1992 verließ mich meine erste Frau Manu und nahm mir das Liebste was ich hatte, meine Tochter Danielle. 6 Jahre durfte ich für sie da sein. Immer dünner wurde der Kontakt, bis er dann ganz abriss. Doch das war nicht meine Schuld. Traurig und alleingelassen lernte ich ein wunderbares Mädchen kennen, Marina, sie war mein Sonnenschein von Anfang an jede Stunde mit ihr war so schön, dass ich die Zeit anhalten wollte, wenn wir zusammen waren. Wir wollten die Tage und Nächte zusammen verbringen und Ina zog zu mir. Wir richteten unsere erste gemeinsame Wohnung so gemütlich ein, wie uns das mit unserem bisschen Geld möglich war. Da wir ja Ossis waren, die Grenze offen, arbeiteten wir beide fleißig, um uns jährlich 1-2 mal einen Urlaub zu gönnen. Wir waren neugierig auf ferne Länder, andere Kulturen. So besuchten wir Korfu, Agadir, Hurgada, Fuerteventura, Spanien, Bulgarien, Polen, CSSR, Österreich und die Dominikanische Republik und im Winter in die Berge, zum Skifahren. Wenn uns am Wochenende noch Zeit blieb, gingen wir Schwimmen, Squashspielen, Badminton oder Dart. Meine liebe Ina, alles hat sie für mich gemacht, die steilsten Hänge ist sie mit mir hinabgefahren, im vollen Galopp auf Pferden durch den karibischen Urwald geritten, in Marokko hat sie zugeschaut, wie ich mit Haien gebadet habe, über eine griechische Bucht ist sie mit mir am Gleitschirm geflogen, grausige Pyramiden, Gräber und Mumien musste sie mit mir in Kairo ansehen, mit dem Motorrad musste sie mit mir über Korfu fahren. Von der U-Boot-fahrt und dem Heliflug mal ganz zu schweigen. Leider kann ich ihr das heute nicht mehr bieten. Beide wurden wir arbeitslos und suchten einen neuen Job. Ina fand ihn in Kassel und blieb die Woche über dort. Ich fand in Groß- Gerau Arbeit und war, als Monteur, unter der Woche unterwegs, auf Montage. Der Plattenbau, der unser zu Hause war, sollte abgerissen werden, so zogen wir der Arbeit entgegen, in den Westen. Ina hatte uns eine kleine Wohnung, bei Kassel ausgesucht. Sie war klein und im Dachgeschoss. Doch gemütlich und für uns reichte sie. Etwas außerhalb von Kassel, so lebten wir in der Natur und der Weg in die Stadt und zur Arbeit, war auch nicht weit. Durch die Hilfe unserer

Familien und Freunde, war der Umzug schnell über die Bühne. An unserem neuen Wohnort arbeiteten wir fleißig und richteten uns Stück für Stück neu ein. An den Wochenenden sind wir unseren vielen Hobbys nachgegangen. Surfen. Squash, Schwimmen und Sauna, in der Therme. Ich dachte immer, wer viel arbeitet, muss auch viel und gut essen und trinken und nicht nur Wasser und Knäckebrot. So schlichen sich die Kilos auf meinen Körper. Kräftig war ich ja schon immer, aber nun wurde ich fett. Alle haben mich gewarnt. „Junge iss nicht soviel Salz, trink nicht soviel Alkohol!" Aber wer glaubt das schon? Ich habe schon immer einen Dickkopf gehabt und zum Rostbrätel schmeckt nur Bier, Wasser ist zum waschen da. Mit dieser falschen Ansicht kam ich schnell zu meinem Übergewicht. . Dann noch der Stress an der Arbeit und auf den Straßen, täglich musste man alles richtig machen und besser sein, als die Anderen, ich musste ja meine Arbeit behalten, hatte ja noch viele Wünsche. Mit dieser falschen Ansicht kam ich schnell zu einer falschen Lebensweise. Immer wollte ich alles richtig machen und 100% geben, dann fing ich an, mich über Kleinigkeiten zu ärgern. Heute weiß ich, dass sind alles unwichtige Dinge. Aber soweit muss man erst Mal kommen, die Fehler, die man macht, erkennen und abzustellen. Ich musste erst erkennen wenn man das nicht von sich aus tut, gibt einem das Leben genug Zeit zum Nachdenken und sich zu verändern. Wie gesagt war ich Monteur und bin viel auf Straßen und Autobahnen unterwegs gewesen 300- 700 Kilometer, zur Arbeit war normal. Baustelle gefunden, Zimmer für die Woche gesucht, Tasche ins Zimmer, zurück zur Baustelle und mit der Arbeit begonnen. Wir waren ein gutes Team, alle kannten ihre Aufgaben und so waren wir schnell fertig, doch es kam vor, dass wir an den Wochenenden auf Baustelle bleiben mussten und durcharbeiten. Abends meist länger gearbeitet, dann schnell etwas essen, ein paar Bierchen und ins Bett, natürlich vorher noch mit Ina telefoniert „alles OK"? Und so, an den Wochenenden wo ich arbeiten musste und nicht nach Hause zu meiner Ina konnte, besuchte sie mich mit ihrem Kadett und blieb ein paar Tage und Nächte bei mir. Wir konnten ja nicht voneinander lassen, so liebten wir uns. So gingen die Jahre dahin, wir liebten uns und erfreuten uns an den schönen Dingen im Leben, gingen unseren Hobbys nach und waren glücklich. Bis bei mir starke Kopfschmerzen auftraten. Ich versuchte die Ursache auf den Alkohol vom Vortag zuschieben, oder Migräne? Nach ein paar Wochen wurde der Schmerz immer stärker. Mit Tabletten versuchte ich den Schmerz zu lindern, zum Teil gelang mir das auch, doch ich wollte den Grund erfahren. In meiner Jugend hatte ich schon ähnliche Schmerzen. Stirnhöhlenvereiterung, damals musste ich gespült werden. Mit meinen Schmerzen und meinem Verdacht ging ich zum H N O- Arzt, der untersuchte mich auch, die Stirnhöhle war etwas entzündet. Doch ich soll wiederkommen, wenn der Schmerz größer wird, auf die Idee meinen Blutdruck zu messen, kam er nicht. Ich soll in 2 Wochen wieder kommen, wenn der Schmerz größer wird. Als Monteur hat man aber nicht dann Zeit, wenn die Ärzte da sind. Also weiter Aspirin genommen. Glaubt mir, ich schreibe aus eigener, bitterer Erfahrung, lasst Euren Blutdruck messen! Nicht zu viel Alkohol und Tabak. Ich war arrogant und dachte ich wüsste alles besser. Die Quittung habe ich bekommen.

Der Tag der alles veränderte

Es war ein Donnerstag im Oktober 1998. Am nächsten Tag wollten wir alle nach Hause fahren. Ich war ganz oben im Regal und habe dort gearbeitet. Mir wurde schwindlig und da war auch wieder dieser Kopfschmerz. Ich bin abgestiegen und Feierabend. Es ging nicht mehr, die Stunden für die Woche hatte ich ja, noch die Baustelle aufgeräumt und dann ins Auto und nach Hause, Richtung Kassel. Ich wollte nur noch nach Hause zu Ina. Ein langes Wochenende erwartete uns, da werde ich schon wieder fit! Auf die Autobahn und Gas, es sind ja nur 380 km, die schaff ich doch locker in 3-4 Stunden. Doch es sollte alles anders kommen, nach 80 km Autobahn wieder der Kopfschmerz. Aspirin eingeworfen, einen Schluck Wasser drauf. Ich hoffte, dass hilft, doch ich fuhr plötzlich Schlangenlinien. Die anderen hupten schon, über mir hörte ich das hämmern der Rotorblätter eines Hubschraubers. Ich glaubte mein Auto sei defekt, ich muss runter von der Autobahn, die nächste Ausfahrt war meine, bei Wuppertal bin ich in ein Gewerbegebiet gefahren und habe angehalten. Wollte gerade aussteigen und nachsehen, was mit dem Auto ist. Doch dazu kam es nicht, neben meinem Auto stand Polizei und klopfte an mein Fenster. Ich erschrak, hatte ich etwas falsch gemacht? Ich hatte über CB-Funk um Hilfe gebeten. Doch das die Polizei nun neben mir stand, war es vielleicht die Ausfahrt? Da kam mir ein Auto entgegen, sodass ich meine Opel auf 2 Räder nehmen musste, um an ihm vorbei zukommen ohne einen Unfall zubauen.

Wenn sie das gesehen haben, gibt´s Ärger, dachte ich mir. Doch die Polizei wollte nur die Papiere und den Schlüssel. Ich wollte tun, was man von mir fordert, doch ich konnte mit meiner linken Hand die Tür nicht öffnen, ich musste meine rechte nehmen. Was war das? Ich hatte die ganze linke Seite meines Körpers, nicht mehr unter Kontrolle. Ich wurde gefragt, „haben Sie Alkohol getrunken, oder Drogen?" „Nein, nur eine Aspirin, gegen meine Kopfschmerzen" und zeigte auf die Packung auf meinem Beifahrersitz. „Steigen Sie bitte aus und blasen Sie." Da waren sie auch schon, meine Probleme. Ich konnte nicht mehr stehen, so bin ich einfach umgefallen. Ich verstand die Welt nicht mehr. Mein linkes Bein funktionierte auch nicht mehr. Was war nur mit mir? Nur gut, dass die Polizei da war. Ich wäre verloren, so aber haben sie sofort erkannt, dass mit mir etwas nicht stimmt und Hilfe geholt. Schnell war der Notarzt da und stellte bei mir einen Blutdruck von 270 zu180 fest. Ich hatte Glück, dass gleich Hilfe kam und mich in die neurologische Klink brachte, die nur 800 Meter entfernt war. Den Rest weiß ich nur von dem, was man mir später erzählte, denn ich habe nichts mehr mitbekommen. Nur Wortfetzen drangen in meine Kopf und die verstand ich nicht, ich versuchte mich zu bewegen, doch es gelang mir nicht. Der Kopf tat weh und überall aus meinem Körper Schläuche und Kabel. Ich war an viele Geräte und Monitore angeschlossen, alle piepten. Ab und zu kam Jemand ans Bett und kontrollierte mich und die angebrachten Geräte. Ich weiß nicht wie lange ich so gelegen habe, bis ich den ersten Menschen gesehen und verstanden habe, ich weiß nur was ich da hörte, wollte ich nicht glauben. Der Arzt sprach von Schlaganfall und das ich linksseitig gelähmt bleiben würde. Ich bin doch erst 38. Schlaganfall, ist doch was für ältere Menschen, dachte ich, nun weiß ich, dass der Schlaganfall, eine der dramatischsten Krankheiten und die dritthäufigste Todesursache in den Industrienationen ist, aber als Tabuthema in der Öffentlichkeit gilt, meint Liz Mohn die Präsidentin der Deutschen Schlaganfall Hilfe. Weiter konnte ich lesen, dass 200000 Bundesbürger jährlich einen Schlaganfall erleiden und davon nur 16 % über 65 Jahre alt sind. Doch das erfuhr ich erst, als es für mich zu spät war und ich mich damit befassen musste. Noch hatte ich gar nicht richtig begriffen, was mit mir geschehen war, gerade aus dem Koma aufgewacht, einen Kopfverband? Der Arzt sagte zu mir „Herr Grensemann, Sie hatten eine Stammhirnblutung, die mussten wir, operativ ausräumen!". Es wurde mir aber später gesagt ich hätte Glück gehabt, meine Blutung war in der rechten Hälfte , meines Gehirns, da ist die linke Körperseite betroffen, was heißen sollte, dass ich linksseitig gelähmt bleiben würde. Bei einem Hirnschlag auf der linken Hirnseite, ist dann die rechte Körperhälfte gelähmt und das Sprachzentrum sowie das Gedächtnis wären dann stark eingeschränkt. Also hatte ich Mal wieder Glück?! Ich hatte die Situation eigentlich noch nicht richtig verarbeitet. Ich, der alle mir möglichen Sportarten betrieben hat und auch sonst so gern und intensiv gelebt hat. Hier soll alles enden? Und was wird nun aus meiner Ina? Die ich so liebte, wie geht es weiter? Keine Zeit zum Nachdenken, ständig neue Untersuchungen und so weiter. Dann mein erster Besuch, es waren meine Eltern, Ina und mein Freund Peter, er hatte die drei mit seinem Auto mitgenommen, weil keiner von ihnen mehr fahren konnte, nach dem Schreck mit mir. Das war ganz lieb von ihm. Er war es auch der allen Mut und Hoffnung gab mit seinen Worten, „der Volker, schafft das schon, der ist doch ein Kämpfer!" Am meisten jedoch, habe ich mich über meine liebe Ina gefreut, dass sie mich besuchte. Sie weinte und nahm meine Hand, sprechen konnte ich noch nicht, weil man mir einen Tubus in den Hals geschoben hatte, um den Schleim absaugen zukönnen, doch wir verstanden uns auch so, durch Händedruck. Alle meine Besucher sprachen mit den Ärzten, diese machten ihnen nicht viel Hoffnung, ich würde wohl ein Pflegefall bleiben, man wird alles mögliche organisieren, doch die Lähmung und die anderen Schäden bleiben wohl erst mal. „Wir werden eine gute Reha für ihn suchen und schnell mit der KG beginnen, dann liegt es an Ihnen." Ich bat um eine Verlegung nach Kassel, damit Ina mich öfter besuchen kann. Und nicht mehr so weit fahren muss, wenn sie mich besuchen wollte. Die Zeit in der Klink in Wuppertal war grausam. Tagsüber Untersuchungen und Nachts Alpträume und Schmerzen, war ich dann eingeschlafen wurde ich von Schwestern und Pflegern geweckt, Lagern nannten sie das, was mir eigentlich nur Schmerzen bereitete. In meinem dunkelsten Traum lag ich tief unten in einem Grab, alles war dunkel und kalt, unten wollte mich der Teufel, zu sich holen und oben über den Rand des Grabes sahen meine Liebsten , mit ergrauten Haaren und verweinten Gesichtern zu mir herunter. Wie ein Geist sah ich meiner eigenen Beerdigung zu. Ich träumte nur Mist, dass einzige was meine Lebensgeister aufwachen ließ, war die Vorfreude auf Inas Besuche und die Erinnerung an unsere schöne Zeit, die Urlaube, die uns keiner nehmen konnte. Ina gab mir Kraft und Linderung. Die erste Zeit bekam ich nichts zu essen und trinken, konnte ja nicht schlucken durch den Tubus, doch der muss sein sagte man mir. Dann noch eine Lungenentzündung, Hautausschlag von den Medikamenten, die ich bekam. Alles an meinem Körper juckte und ich konnte mich nicht bewegen, weil mein linker Arm gelähmt war und den rechten hatte man angebunden, weil ich mir die Schläuche ausriss, damit kam ich nicht zurecht. Ich lag wie ein Käfer wochenlang auf dem Rücken und konnte mich nicht bewegen. Meine Muskeln gingen zurück und immer diese Scherzen, oft kam es mir vor, als würde ich den nächsten Tag nicht erreichen, ja ich wünschte es mir sogar, wenn ich doch aber auf meine Ina, die mich bald wieder besucht freute, war meine Kraft und mein Wille wieder da. Sie tat alles, was in ihren Kräften stand, um mich zusehen, immer hatte ich kleine Fortschritte gemacht meine Wehrte waren besser geworden, es wurden immer weniger Kabel und Schläuche, jeden Tag fuhr man mich mit meinem Bett zu neuen Untersuchungen, CT, N M G, Röntgen u s w. Ständig nahm man mir Blut ab, der Tropf wurde gewechselt. Dann, nach langer Zeit bekam ich meinen ersten Tee, ich wusste nicht, wie toll Tee schmecken kann, viel später dann einen Joghurt, weil ich so schlecht schlucken konnte, der Hals tat mir noch weh von dem Tubus. Eines Tages kam da ein Mann zu mir und stellte sich vor. „Guten Tag, ich bin Paulus, Ihre KG, heute hört das faule Leben auf, ab heute komme ich jeden Tag zu Ihnen und wir trainieren gemeinsam." Ich wusste nicht, was auf mich zukommt. Der Mann war kräftig und ich lag hilflos im Bett. Er schlug meine Decke zurück und ich sollte mich mit meinem gesunden Arm an ihm fest halten dabei stehe ich doch mehr auf meine Ina, die hätte ich gern umarmt. „So nun setzen wir uns im Bett hin!" Ich schaffte es nur mit seiner Hilfe, doch was war das? Ich drohte um zukippen, gut das er mir half, ich konnte ja nicht mal mehr alleine sitzen, mein Gleichgewicht, wo war es? „Das ist bei Ihrer Krankheit normal!" Beruhigte er mich, am nächsten Tag kam er gleich mit einem Fahrzeug, an dem war eine breite Schlaufe befestigt, er stellte alles ein und schwenkte die Schlaufe über mein Bett, dann wieder Aufsetzen, er zog die Schlaufe unter meinem Po durch und hängte sie wieder ein. Ein Kollege von ihm kam hinzu, der hatte einen Rollstuhl dabei. Mit dem Kran wurde ich angehoben und in den Rolli gesetzt. Meine Angst rauszufallen war groß, doch die beiden passten auf mich auf. Über den Gang ging es dann in ihren Raum. Dort stellten sie mich vor einen großen Spiegel. Ich sah schlimm aus, „sehen Sie, wie schief Sie sitzen?" Fragte der Eine. Ich sah es, nur ändern konnte ich es nicht, so sehr ich mich auch mühte, drohte ich immer umzukippen. Was war nur los mit mir? Alle Symptome hatte ich noch nicht begriffen. So zum Beispiel mein Neglegt. Das bedeutet eine Gesichtsfeldeinschränkung, alles was von Links kam, sah ich nicht. Meine Eltern besuchten mich und ich fragte nach Ina, dabei stand sie neben meinem Vater, dass konnte ich nicht glauben, meine Ina, die ich doch so sehr liebte und nach der ich mich so sehnte, hatte ich nicht gesehen, böse Kräfte müssen hier am Werk gewesen sein und wir küssten uns lange und innig, ich berichtete von meinen Erfolgen und wir weinten gemeinsam. Ich heulte bei jeder traurigen und erfreulichen Situation. Warum nur, ich war doch vor dem Schlaganfall nicht so weich. Der Arzt sprach von (Affektinkontinenz) ein besonders typisches Merkmal für organisch bedingte seelische Symptome. Sie tritt oft auf, der Patient ist unfähig, stark traurige oder heitere Gefühlsausbrüche unter Kontrolle zuhalten, beziehungsweise Affektausbrüche zubremsen. Bei den geringsten Anlässen. etwa weil Ina zu spät kam, oder negative Nachrichten für mich hatte, heulte ich wie ein Kind. Daneben gibt es die (Affektlabilität), dass heißt die Unausgeglichenheit des Gefühlslebens, die sich im raschen Wechsel der Gemütsbewegungen äußert – Lachen und Weinen liegen eng bei einander. Abgegrenzt von der Affektinkontinenz und der Affektlabilität werden das Zwangslachen und das Zwangsweinen. Bei diesen „mechanisch" ablaufenden, seelischen Ausdrucksweisen fehlt der Zusammenhang mit einer Affektbewegung. Die folgenden Tage waren sehr anstrengend für mich, ich war so müde, dass ich sogar einmal Inas Besuch bei mir verschlief. Ich war so traurig als ich erfuhr, dass meine Ina mich besucht und ich sie nicht sehen und sprechen konnte. Bemerkt hatte ich es nur, weil ich einen Fernseher und ein Telefon hatte, sowie auch andere Dinge, die man so braucht wie Wasch und Rasierzeug, hatte sie mir mitgebracht. Ich konnte es immer noch nicht fassen Ina war da und keiner weckte mich. Der Arzt und die Schwestern müssen ihr wohl gesagt haben „der Mann braucht Mal Ruhe und

Schlaf !" Da hat man mich eben schlafen lassen, keiner traute sich mich zuwecken, dabei hätte ich Ina doch so gern gesehen, es gab doch auch noch so viel zureden. Ich wollte sie doch noch fragen, ob sie auch bei mir bleibt, wenn ich nur noch ein halber Mann bin, dass muss ich mir wohl führ später aufheben, da klingelt mein Telefon, ich komme nicht an den Hörer, die Schwester hilft mir und ich höre Inas vertraute Stimme sprechen „hallo Schatz, ich war heute bei Dir, habe den Fernseher und ein paar Dinge die Du brauchst, gebracht". „Warum hast Du mich nicht geweckt?" „Ich durfte nicht, aber ich habe Deine Hand gehalten." „Ich sehe Dich doch so gern und mich plagen so viele Fragen, kannst Du mich noch lieben, wenn ich behindert bin, wirst Du mich dann noch lieben und bei mir bleiben ?" „Aber ja doch, wir haben zehn schöne Jahre miteinander erlebt, da schaffen wir die nächsten 10 schweren Jahre auch, du bist doch mein Rehlein und wirst es immer bleiben!" Ich war glücklich. Meine Ina war die beste Medizin für mich, ich wusste mit ihr an meiner Seite kann ich alles schaffen, wir wollten zusammen alt werden. Das Telefon war eine feine Sache für mich, so konnte ich Ina sprechen, wenn sie Mal keine Zeit hatte mich zu besuchen, oder sie fragen, ob sie heil in Kassel angekommen ist. Oft hatte ich einen falsche Teilnehmer am Telefon ich hatte mich verwählt, eine Begleiterscheinung meiner Erkrankung. Die Mediziner nennen das Neglegt (Gesichtsfeldausfall) Es kam vor, dass ich die ganze Nacht mit dem Telefon im Arm geschlafen habe, nur um einen Anruf von Ina nicht zu verpassen. Denn sie meldete sich immer bei mir, wenn sie heil zu Hause angekommen war. Ich war dann ruhiger und wir konnten noch ein paar liebe Worte wechseln. Auch wenn Ina mich aus beruflichen Gründen nicht besuchen konnte, so konnten wir wenigstens telefonieren. Das gab uns Kraft. In Wuppertal musste ich mehrmals wegen Bauarbeiten, das Krankenhaus wechseln. Bis dann endlich die freudige Nachricht kam. Man wollte mich nach Kassel verlegen. Schön, denn acht Monate hier haben gereicht, wollte nicht mehr soweit weg von Ina sein, meine Werte waren normal, ich war bereit für den Transport, Ina packte meine Sachen und begleitete mich zum Krankenfahrzeug. Weil ich noch nicht stabil sitzen konnte wurde ich liegend transportiert. Ina wich nicht von meiner Seite und als man ihr aus Platzmangel die Mitfahrt verweigerte, folgt sie uns in ihrem Auto nach Kassel, dort wurde mir ein neues Bett in einem Zimmer zugeteilt, kein TV, kein Telefon, „mach Dir keine Sorgen, ich kümmere mich um alles und außerdem besuche ich Dich ja jeden Tag, ich bin schnell Mal bei Dir, es sind ja nur ein paar Minuten, zu Dir!" Meine Sachen wurden von Ina und der Schwester, die sich kurz vorstellte, eingeräumt. Sie erzählten mir, wo mein Schrank und mein Tisch sei. Grinsen musste ich, da ich den Schrank kaum sehen konnte. Erreichen konnte ich ihn schon gar nicht. So konnte ich mich aber schon Mal mit meinem rechten Arm. An einem Galgen, der über meinem Bett hing, hochziehen und aufsetzen. Das gab mir die Möglichkeit aus dem Fenster zusehen und auch war zuerkennen, wer ins Zimmer kam. Ein großer Fortschritt für mich, sonst konnte ich immer nur die Zimmerdecke ansehen, als ich die letzten 8 Monate fast nur auf dem Rücken lag. Ich war glücklich, für mich hatte sich meine Lage verbessert. Nachdem ich mich meinen Mitpatienten vorgestellt hatte, sprachen wir über unsere Krankheiten, Sorgen und Nöte. Dann kamen auch schon die Ärzte und Schwestern, untersuchten mich, nahmen Blut und ich wurde auf Medikamente eingestellt, brauchte also keinen Tropf mehr. Alles kleine Erfolge für mich, jeden Tag bekam ich lieben Besuch. Meine Eltern, Geschwister, Freunde und natürlich meine Freundin Ina. Sie kam zu mir, so oft sie nur konnte. Immer lachten und herzten wir miteinander. Einmal, als meine Mutti mich besuchte, bat ich sie um Rat und Hilfe. Ich wollte meiner Ina einen Antrag machen, mich mit ihr verloben und dann heiraten, denn mit dieser Frau wollte ich alt werden und sterben. Bis zum Ende meines Lebens, bis zur großen Dunkelheit, wollte ich mit ihr zusammen sein. Also bat ich meine Mutti mir doch einen Ring für Ina zu kaufen. Ich kam noch nicht aus dem Bett. Schon gar nicht aus dem Krankenhaus und Ina, die sonst alles für mich tat, konnte ich in diesem Fall Nicht bitten, wollte sie doch überraschen! Dann eines Tages, als meine Mutti mich besuchte und wir alleine waren, gab sie mir einen goldenen Ring, den sie von ihrer Großmutter erhalten hatte. Also ein uralter Familienschmuck, ich wollte ihn erst gar nicht annehmen, so verlegen war ich, doch Mutti bestand mit den Worten „Deine Ina ist das wert, was sie für Dich alles tut und wie sie zu Dir steht, dass kann man nicht mit Geld aufwiegen!" Ich nahm den Ring und versteckte ihn im Nachttisch.

Die Verlobung:

Als Ina mich dann einen Tag später besuchte, nahm ich vorher den Ring und hielt in fest, in meiner gesunden Hand unter der Bettdecke. Sie stand neben meinem Bett und begrüßte mich mit einem Kuss. Nach einer Pause, fragte ich sie ganz ernst „Ina, willst Du meine Frau werden?" Ich nahm ihre zitternde Hand, die mich so oft streichelte und steckte ihr den Ring, an ihren zarten Finger. Ich und alle, die im Zimmer waren weinten. Ein Arzt kam ins Zimmer und fragt, was los sei. Die Patienten sollen sich doch nicht aufregen. Die Schwester, die alles miterlebt und auch nasse Augen hatte, erzählte ihm alles. Er hatte dann Verständnis für unsere Situation. „Nur aufregen dürfen Sie sich nicht Herr Grensemann." „Es sind doch aber Freudentränen !" Ich konnte gar nicht mehr aufhören, mit Weinen, vor Glück, denn meine Ina hatte „JA" gesagt. Nie wieder habe ich einer anderen Frau, einen Antrag machen wollen, durch den Misserfolg meiner ersten Ehe. Doch Ina war die Frau fürs Leben, für mich, ich liebte sie jeden Tag, jede Stunde mehr. Eigentlich hätten wir am liebsten in der nächsten Woche schon geheiratet. Doch da gab es viele Wege zu erledigen und es gab auch Menschen, die hatten einfach was dagegen. Das Standesamt wollte meine Scheidungspapiere sehen, die konnten wir nicht gleich finden, mussten neue beantragt werden. Die Ärzte zweifelten an meiner Geschäftsfähigkeit und alles schien gegen uns zusein. Bis dann ein Arzt zu mir kam und mich beruhigte. „Wir schicken Sie bald in eine Reha-Klinik und dann wird alles wieder gut, wir sind schon am Suchen, wo ein Platz für Sie frei ist, es sollte ja in der Nähe sein, damit Ihre Verlobte Sie immer besuchen kann." Er war der Erste, der von meiner Verlobten sprach, dieses Wort klang für mich gut. Doch dann kamen seine Einwende „Herr G, bitte überlegen Sie sich das noch einmal ganz genau, was Ihre Verlobte erwartet, wir können Ihnen noch nicht genau sagen, wie lange Sie ein Pflegefall bleiben und was Sie Ihrer Partnerin da zumuten." „Wir waren uns einig, sie hat mir ja gesagt, wir hatten zehn schöne Jahre, da bleibe ich die schweren Jahre auch bei Dir!" Wir schlugen durch unsere Liebe und unseren Zusammenhalt alle Zweifler in die Flucht. Nun waren wir ja ein Verlobungspaar. Das machte uns stark, nun hatte ich zwei große Ziele, meine Ina zu heiraten und wieder auf die Beine zu kommen, fit zu werden. Ein paar Wochen vergingen in der Kasseler- Klinik und mein Zustand wurde stabiler, zur Visite sagten mir die Ärzte, sie hätten Platz in der Reha-Klinik, der Westendklinik in Bad Wildungen. Eine sehr gute Klinik der Wickert Gruppe, die wohl auf neurologische Fälle, wie Schlaganfall spezialisiert sind. Das haben die Ärzte mit Ina so besprochen. Die Klinik ‚hatte wohl schon Erfahrungen und Erfolge in der Behandlung von Schlaganfallpatienten und sie war nicht weit von unserem Wohnort entfernt. Ina konnte mich dort schnell Mal besuchen. Darüber freute ich mich am meisten. Ich glaube den Ärzten, denn sie sagten mir, dass ich in dieser Klinik schnell wieder auf die Beine komme. Diese Aussichten waren Medizin für mich, nun hatte ich endlich wieder Hoffnung. Bei der Verlegung von Kassel nach Wildungen, war Ina natürlich auch dabei. Sie achtete auf mich und meine Sachen. Leider musste ich noch liegend transportiert werden und für sie war kein Platz mehr im Krankenwagen. Doch das störte meine Ina nicht, sie fuhr uns immer mit ihrem blauen Klaus nach, bis in die neue Klinik, der blaue Klaus war ihr neues Auto, ein blauer Honda Civic, wegen seiner Farbe hatten wir ihn so getauft. Die Fahrt dauerte nicht lange und schon hielt der Wagen vor einem großen Gebäude. Die Türen wurden geöffnet und Ina, die uns überholt hatte, stand auch schon bereit. Ein Arzt fragte, ob sie zu mir gehörte und ob ich der Neuzugang sei. Als wir beides mit „Ja" beantworteten, zeigte er Ina einen Parkplatz am Haus, Ina parkte und ich wurde durch die Sanitäter angemeldet. Durch viele Aufzüge und endlose Gänge wurde ich geschoben. Ich war angeschnallt ja sicher, doch ich krallte mich mit meiner rechten Hand fest, so schnell war die Fahrt. Am Ende des Ganges blieben wir stehen, eine Tür wurde geöffnet und man schob mich ins Zimmer. Dort lagen schon zwei Patienten in ihrem Bett, das dritte am Fenster war für mich geplant. Mit viel Mühe hoben mich die Sanitäter ins Bett, denn ihre Trage mussten sie wieder mitnehmen. Das Umsetzen ins Bett bereitete mir große Schmerzen in der linken Schulter, nun lag ich in meinem neuen Bett, man konnte das Kopfteil verstellen und das testete ich gleich aus, nun konnte ich meine Mitbewohner begrüßen und mich vorstellen. Dann kamen viele Ärzte und Schwestern ins Zimmer. Alle stellten sich vor und untersuchten mich, doch ich konnte mich nicht konzentrieren, die wichtigste Person fehlte ja noch, Ina war noch nicht da. Sie kam erst nach einer ganzen Weile, beladen mit dem

Fernseher und meiner schweren Tasche, der Stationsarzt hatte sie aufgehalten und wollte einiges von ihr wissen. Ina räumte mit der Schwester meine Sachen ein, beim Ankleiden brauchte ich ja noch Hilfe und da muss die Schwester wissen, wo alles liegt. Sie hatte mir mein TV und Telefon angemeldet. Ina hatte ihren blauen Klaus auf dem Personalparkplatz parken dürfen. Dort war der Weg kurz und preiswert war der Platz auch. Der Honda (blaue Klaus) war nach mir ‚ihr liebstes, die beiden waren unzertrennlich. Als ich noch gesund war und unter der Woche auf Montage, benötigte sie auch ein Auto um auf Arbeit zukommen und so kaufte sie sich einen Kadett. Eines Tages, ich war Mal zu Hause und hatte frei, bekam ich einen Anruf von ihr, schluchzend erzählte sie mir, ein anderes Auto sei auf ihren Opel gefahren „alles kaputt, Volker, der fährt nicht mehr, ich stehe hier am Zebrastreifen." In der Aufregung vergaß ich nach ihr zufragen, ob sie gesund ist. Schnell in mein Auto und alles abgesucht, nach Ina, oder einem Unfall. Zebrastreifen? Ja Lohfelden hat einige davon, aber welcher war nun richtig? Alle habe ich abgesucht und war schon auf dem Rückweg, da sah ich meine Ina am Straßenrand stehen, sie hatte ihr Gesicht mit den Händen verdeckt und weinte herzzerreißend. Als ich ausstieg und sie in meine Arme nahm schluchzte sie noch immer, doch mir fiel ein Stein vom Herzen, dass ihr nichts geschehen war. Gleich begann ich sie zu trösten „das ist doch nur ein toter Gegenstand, wichtig ist doch, Dir ist nichts passiert!" Der Opel war Schrott, aber das bekommen wir alles wieder hin. Als die Polizei alles aufgenommen und die Versicherungen getauscht waren, fuhren wir erst Mal nach Hause. Der Kadett war Schrott und Geld für ein anderes Auto hatten wir nicht. Doch um Geld zu verdienen brauchten wir jeder ein Auto. Ein Anwalt erkämpfte etwas Geld für uns und wir machten uns auf die Suche nach einem kleinen Gebrauchtwagen für Ina. Keiner war recht, zu alt, zu teuer, zu hässlich, als wir es schon fast aufgegeben hatten und so durch die Stadt fuhren. Sah ich einen kleinen, blauen Honda, bei einem Händler stehen. Gleich fuhr ich zurück und stieg aus, um ihn anzusehen. War soweit okay und Ina verliebte sich in ihr neues Auto. Das Finanzielle konnten wir dann regeln und tauften ihn (den blauen Klaus).Ich war nun also in der Re-ha Klinik in meinem neuen Zimmer Ärzte und Schwestern stellten sich vor. Ein Teil nahm mir gleich Blut ab, der Rest kümmerte sich um meine Werte. Die ganze Prozedur ging von vorne los, nur freundliche und hübsche Schwestern um mich herum, am Anfang. Die hässlichen Biester hatten Spätdienst, dass konnte ich ja nicht wissen, war so dumm zu glauben, hier seien alle nett und freundlich, schon zum Mittag wurde ich eines Besseren belehrt. „ Herr Grensemann, raus aus dem Bett, ich will Ihr Bett machen!" Ich blieb ruhig liegen, was soll das? Wie soll das bitte gehen? Ich bin seit acht Monaten nicht mehr aufgestanden und schon gar nicht ohne Fremdhilfe. „Sie müssen aber zum Mittag in unseren Aufenthaltsraum.

Der erste Urlaub

Die Zeit bis zum Abend erschien für mich endlos, immer starrte ich auf das Telefon und wartete darauf, dass es endlich klingelt, dann, ich war schon im Bett, kam ihr Anruf. Ina hatte alles geklärt nun musste ich meinen Teil für unseren Urlaub beitragen. Zu jeder Visite fragte ich den Arzt. Er verdrehte schon die Augen, wenn er mich nur sah, „ja, ich weiß schon Bescheid, Herr Grensemann, Ihr Urlaubsschein liegt schon fertig auf meinem Tisch!" Mir fiel ein Stein vom Herzen, ist also klar gegangen, nun immer vorsichtig mit den Therapien, das ja nicht noch was dazwischen kommt. Erst freuen, wenn ich wirklich zu Hause bin, nun wo wir Gewissheit hatten, dass wir unseren kleinen Urlaub bekommen sollten, war uns beiden viel wohler, die Stunden und Tage der Trennung waren nicht mehr ganz so schwer, denn wir hatten ein Ziel. Locker und Leicht nahm ich jede Übung und jede Pein auf mich. Mir konnte keiner, mich konnten alle. Jeder Versuch mir meine Stimmung zu vermiesen, schlug fehl, am liebsten hätte ich den ganzen Tag gesungen und gepfiffen, die Tage bis zum Urlaub vergingen auch viel schneller, als normale Tage dort. Meine gute Laune war ansteckend, auch Freunde, die ich dort fand freuten sich mit mir. Viele von ihnen kannten meine Verlobte und fanden sie toll, alle hatten ihre eigenen gesundheitlichen, oder familiären Probleme, doch es erschien mir, als würde unser Glück ihnen helfen, einige beneideten mich natürlich auch, doch das war der kleinere Teil welcher mit seinem Schicksal so gar nicht zurechtkam. Der Urlaubsantrag und die Erklärung auf Eigenverantwortung waren ausgefüllt und unterschrieben, Medikamente, Spritzen, die Urinalflasche u s w, alles war breit und dann kam endlich der Tag, ich hatte von Freitag bis Sonntagabend Urlaub und konnte für diese Zeit nach Hause, meinen Blutdruck hätte man nicht messen dürfen, so aufgeregt war ich. Ina kam in mein Zimmer, die Sonne ging für mich auf, nach einem langen, innigen Kuss saß ich schon im Rolli, nur keine Minute länger hier bleiben, konnte es nicht abwarten nach Hause zukommen. Die Schwester half uns beim tragen der Reisetasche und wir zogen los, zum Auto, Ina hatte ihren blauen Klaus direkt vor der Klink geparkt. Da waren sie auch schon unsere Probleme. An Alles hatten wir gedacht und geübt, nur das Umsetzen ins Auto, dass stellte sich als ganz schön kompliziert heraus. Doch mit viel Geduld landete ich dann doch auf dem Sitz neben Ina, der Rolli, die Tasche, alles passte ins Auto, endlich konnten wir los. Im Auto war ich ja, aber auf der Fahrt kamen mir so meine Bedenken. Wie komme ich in die Wohnung? Wir wohnten ja im ersten Stock 12 Stufen, ohne Geländer, keine Chance für mich dort ohne Hilfe hoch zukommen. „Mach Dir keine Sorgen, es ist alles vorbereitet!" Beruhigte mich Ina. Schon ging es mir besser, was sie in die Hand nahm klappte. Nach kurzer Fahrt erreichten wir unsere Straße, nun wusste ich, was sie gemeint hat. Vor unserem Hauseingang standen schon unsere Nachbarschaft und unsere Vermieter, schnell wurde der Rolli aufgebaut, man half mir beim Umsetzen und vier Mann trugen mich im Rolli einfach die Treppe hinauf, in die Stube. „Alles klar, kommt ihr dann klar?" „Ja und vielen Dank noch Mal !" Endlich alleine! Falsch gedacht, unser Vermieter kam zurück und mit besorgtem Blick schnappte er den Rolli mit mir und fuhr in alle anderen Zimmer, um zusehen, ob der Rolli schmal genug sei. Daran hatten wir nun gar nicht gedacht. Als er sich dann verabschiedete, bedankten wir uns nochmals für die Hilfe, die ich eigentlich nicht erwartet hatte, denn als wir vor Jahren herzogen, begegnete man uns distinguiert und so richtige Freundschaft und Nähe baute sich nicht auf. Wir waren ja nur Ossis, dass unsere Nachbarn so freundlich und nett sein könnten, hätten wir nicht erwartet. Später erfuhren wir, dass nicht nur ich betroffen war. Fast in jeder Familie, in unserer Umgebung hatte auch Mal ein Familienmitglied einen Schlaganfall, oder Herzinfarkt. So hatten also viele Verständnis, für unsere Lage und waren bereit zuhelfen. Lange hatten wir uns auf diese erste gemeinsame Nacht gefreut. Es war ja nun schon fast ein Jahr vergangen, dass wir uns ein Bett teilen und die Nacht wie Mann und Frau, verbringen konnten. Gut, wir hatten im Krankenhaus und der Reha jede freie Minute, jede Gelegenheit zum Schmusen und etwas mehr genutzt, doch dort waren wir nie so ungestört, wie hier in unserem Bett. Die Lust aufeinander war schier unendlich und als sie vom Duschen kam, nackt und breitbeinig vor mir lag, alles hätte ich dafür gegeben, wenn ich Aufstehen und zu ihr ins Bett gekonnt hätte. Doch das war mit vielen Hindernissen verbunden. Ina war mir auch hierbei behilflich, gab mir die Hand. Das Umsetzen hatten wir ja geübt. Ich konnte mich auch kurz stellen und landete im Bett, gut gesessen habe ich schon Mal, wir hatten nur vergessen, ich war noch angezogen, allein schaffe ich das nicht. Ina war behilflich und entkleidete mich, was trotz aller Vorsicht für mich sehr schmerzhaft war. Der linke Arm, der schlaff an mir herab hing, bereitete mir große Schmerzen. Sie schreckte immer zurück, wenn ich das Gesicht verzog, oder Schmerzlaute von mir gab, „noch vorsichtiger kann ich nicht." „Ja, ich weiß, ist doch schon gut!" Ich biss die Zähne zusammen und vergas all meine Schmerzen. Das beste Schmerzmittel war ihr wunderschöner Körper, vom dem ich meine Augen und meine Hand nicht lassen konnte. Meine Hand hatte gerade ihre Brüste und ihren, runden Po gestreichelt, als sie plötzlich aufstand und ins Bad ging, was denn nun? Sie kam mit einem Waschlappen und Handtuch zurück und wusch mich im Bett. Was ich an manchen Körperteilen als sehr angenehm empfand. Es ist doch ein Unterschied, ob eine Krankenschwester oder eine, einem vertraute Person, mich wäscht. Ich genoss es jedenfalls, dass muss ich gestehen und wie mir ihre Brustwarzen zeigten, ließ es sie auch nicht kalt. Frisch gewaschen lag ich nun auf dem Bett und wartete, bis sie zurück zu mir kam und sich zu mir legte. Ich betrachtete ihren Körper zu gern und das wusste sie auch, noch einmal gebückt und die Schuhe vor dem Bett gerichtet und dann kam sie endlich zu mir und kuschelte sich an mich. „Rück mal ein Stück, ich habe gar keinen Platz neben Dir!" Ich wollte ja, aber es war mir nicht möglich mich allein, ohne Schmerzen zu bewegen. Im Krankenhaus hängen Griffe über den Betten, aber hier. Mühselig robbte ich ein paar Zentimeter auf meine Seite und drehte mich auf meine Schlafseite, zu dieser Zeit konnte ich nur auf dem Rücken, oder meiner gesunden Seite schlafen oder liegen, „dreh Dich doch bitte wieder zu mir" also gut ich versuchte es, leider mit großen Schmerzen, weil mein gelähmter Arm nun unter mir lag, ich hatte mich selbst gefangen genommen und lag nun mit dem ganzen Körpergewicht auf meinem linken Arm. Vor lauter Schmerzen hatte ich weder Lust, noch konnte ich schlafen. Ina, die das bemerkte sagte leise zu mir. „Da leg Dich doch auf den Rücken und ich kuschele mich an Dich!" So war es dann schön und angenehm für beide und nach wenigen, wunderbaren Momenten, schliefen wir dann ein. Leider war die Nacht nicht so ruhig, wie sie sonst bei uns war, in der Nacht gab sie mir die Thrombosespritze und Medikamente, rettete meinen linken Arm. Ina versorgte mich fürsorglich, ohne sie konnte ich mir ein Leben nicht mehr vorstellen. Die Nacht war kurz und voller Störungen, doch wir hatten seit fast einem Jahr Mal wieder, zusammen in unserem Bett geschlafen. An diesem Wochenende wurde uns annähernd bewusst, was noch für kleine und große Probleme auf uns zukommen. Die Treppe, an der kein Handlauf war, die Toilette, die Badewanne in die ich nicht kam und so viele andere Kleinigkeiten, welche uns erst später auffielen, bis hin zum blauen Behindertenparkausweis. Leider war unser erster Urlaub viel zu schnell vorbei. Ina hatte den Nachbarn bescheid gegeben und diese trugen mich dann auch wieder zum Auto. Ewig wird das nicht so weiter gehen. Die haben ja auch Mal was anderes vor, als für mich immer die Träger zuspielen. Ich werde einfach Mal fragen, ob ich das Treppensteigen, in der KG üben kann, es ist kein schönes Gefühl auf Fremdhilfe angewiesen zusein. Doch im Augenblick muss ich mich in mein Schicksal fügen, heimlich hatte ich nur immer Angst und Bedenken, ob Ina, ja ob sie weiter zu mir stehen wird und kann. Ihr Versprechen hat sie mir ja gegeben und belogen hat sie mich nie, dafür war sie ein viel zu guter Mensch und unsere Liebe viel zu groß! Deshalb hörten wir schon gar nicht mehr hin, wenn andere zu uns sagten, „eine Ehe, mit einem Schwerbehinderten Partner, das hält nicht, dass geht nicht lange gut". Wir sind doch dieses Wochenende auch klar gekommen, warum sollten wir dann nicht heiraten und die nächsten 50 Jahre miteinander glücklich sein? Gut ein paar Umbauten in der Wohnung, ich muss mobiler werden und vielleicht noch Mal in eine behindertengerechte Wohnung umziehen. Viel zu früh waren wir wieder in Wildungen, doch es war ja unser erster Urlaub und wir wollten auf keinen Fall zu spät kommen. Auf Station angekommen, diese blöde Nachtschwester hatte wieder Dienst. „Na, Herr G, war wohl nicht schön zu Hause?" Die Antwort blieb ich schuldig, doch Anspringen und ihr den Hals umdrehen, wollt ich schon gern, vielleicht war es ja gut so, dass ich im Rolli saß, sonst wäre manch Unglück passiert. „Kommt ihr beiden klar, oder soll ich helfen?" „Wenn ich Hilfe brauche, klingele ich." Und schnell weg da, diese Ziege muss ich mir nicht länger antun, wir brauchten natürlich keine Hilfe, wollten ja zum Abschied unsere Ruhe haben. „Ruf mich kurz an, wenn Du wieder zu Hause bist, Schatz!" „Mach ich und Du schlaf erst Mal schön, war ja ganz schön anstrengend für Dich." Das war es, aber das würde ich nie zugeben und außerdem war es ja traumhaft schön, ich hatte für einige Tage das Gefühl ein Mensch und kein Patient, zu sein. War Tag und Nacht mit dem liebsten Menschen zusammen, den ich auf der Welt hatte. An diesem Wochenende hatten wir gemeinsame, schöne Erlebnisse. Andere machten uns nachdenklich. Wir nutzten das schöne Wetter zu einem Spaziergang zum Teich, wo wir die Enten fütterten, leider war der Rückweg für Ina sehr anstrengend, denn sie schob ja meinen Rolli und es ging bergauf. Wo ich konnte, versuchte ich mit der Rechten mitzuhelfen um ihr die Fahrt zu erleichtern. Der Ausflug war sonst angenehm. Bei einem Besuch am Geldautomaten wurden mir wieder meine Grenzen gezeigt. Karte rein, Pin eingegeben, ich wusste meine Zahl noch ganz genau, nur ich drückte wahrscheinlich, genau wie beim Telefon, die falschen Zahlen. Der Neglegt hatte mich wieder. Kein Geld, keine Karte mehr, was nun? Es war Wochenende, natürlich keiner da. Wir waren traurig, hatten wir nicht schon genug Probleme? Ich wollte doch mit Ina das Restaurant für unsere Hochzeit ausprobieren und auch sonst müssen noch Rechnungen bezahlt und viele Dinge gekauft werden. Das wird dann in unserem Urlaub geregelt werden müssen. Mich deprimierten diese Dinge so sehr, dass ich die erste Nacht Alpträume hatte, immer sah ich Ina einen Rolli schieben und alle anderen wichtigen Dinge blieben auch noch an ihr hängen. Ob ihre Liebe groß und stark genug ist? Was ist, wenn ein gesunder Mann kommt? Mir liefen die Tränen, weil ich mich beim Zweifeln ertappte. Nur die Ruhe es wird schon alles gut werden, versuchte ich mich zutrösten, bis heute sind wir, gemeinsam mit jedem Problem fertiggeworden und wenn wir erst verheiratet sind, dann sind wir eine noch stärkere Gemeinschaft, eine Ehe, eine Familie, ganz etwas großes, ich kann diese immer wieder in mir aufkommenden Bedenken nicht immer besiegen, wenn Mal kein Anruf von ihr kommt, mach ich mir Sorgen, meine Konzentration wird immer kleiner. Bücher, die ich lese, fange ich ständig von vorn an, dann verliere ich den Zusammenhang, ich gebe zu schnell auf. Der nächste Morgen und schon hat mich die Realität des Alltags wieder. Meine Freunde fragen mich wie der Urlaub war, kann nur Gutes berichten, Ärzte und Schwestern untersuchen mich, ob ich okay bin und mir in den drei Tagen nicht zuviel zugemutet habe. Doch alles positiv. Vitalwerte sind im grünen Bereich. „Schön, da muss ich ja bald wieder auf Urlaub!" „Wenn es Ihnen so gut tut, dann steht dem nichts im Wege." Das waren die Worte, die ich hören wollte. Nun ging es mir richtig gut, ein Arzt der mich versteht, dass war Medizin für meine Seele. Nun, wo ich einen Arzt hatte, der wusste wie gut mir der Urlaub getan hatte, bemühte ich mich bei meinen Anwendungen noch etwas mehr und härter ranzunehmen, so bat ich meine Therapeuten das Laufen und das Treppensteigen mit mir, zu üben. Was wir dann auch nach und auch taten. Zum erstenmal hatte ich das Gefühl, dass sich mein Arzt mit mir und meinen Therapeuten abspricht. Hurra, es waren nicht mehr alle gegen mich, oder sah ich einfach nur wieder Licht am Ende meiner Dunkelheit? Ich hatte neue, hohe Ziele, mein Selbstmitleid war geschmolzen, der Blick nach unten half mir dabei sehr. War es vor einigen Tagen noch Neid und aufschauende Blicke auf die gesunden, oder Mitpatienten, die schon mehr konnten, wie ich, so sah ich das heute anders. So lernte ich Patienten kennen, die viel schlechter dran waren wie ich. Sie hatten mehr als nur eine Seite ihres Körpers verloren. Manche konnten nicht mehr reden, erkannten ihre Freunde und Familie nicht wieder, das alles musste ich ganz in meiner Nähe miterleben. Wie zum Beispiel, eine junge Frau weinend am Bett meines Nachbarn saß und ihn bat, sie doch wenigstens anzusehen. „Ich bin es doch, mein Schatz!" Der Arzt , der dann ins Zimmer kam klärte sie dann auf, dass ihr Mann sie nicht wiedererkennt, weil sein Gehirn zu stark beschädigt sei. „Aber er lebt noch!" Was für ein Leben? Dachte ich so für mich. Außer einigen Geräuschen, hatte ich noch nie ein Wort von ihm gehört, nur wenn Ina mich besuchte, freudig, frisch in unser Zimmer kam, dann lächelte er. Doch nun erkennt er seine eigene Frau nicht mehr. Wie grausam und hart kann das Leben doch sein? Wie ein Donner vielen mir in diesem bewegenden Augenblick die Worte meines Therapeuten wieder ein „der Einäugige ist der König unter den Blinden!" Wie viel Wahrheit in diesen alten Worten steckt, sollte ich noch oft erkennen. Es lehrte mich zuwürdigen, was mir trotz meines schweren Schicksals, noch geblieben war. So erfreute ich mich um so intensiver, an den schönen Dingen, an denen ich mit meinem Potential noch teilnehmen konnte, Bücher, Musik, ein gutes Gespräch, Ausflüge. An allen Veranstaltungen, die dort angeboten wurden, nahm ich teil. So lernte ich auch viele neue Freunde kennen, zum Beispiel in der F. T. Wo wir nicht nur bastelten, uns unterhielten, sondern auch an vielen Abenden ein Spielchen machten. Beim Dart, wo andere Rollifahrer sitzen blieben, lies ich es mir nicht nehmen, den Pfeil im Stehen auf die Scheibe zuwerfen. So viel Ehrgeiz hatte ich dann doch und es war für mich eine kleine Selbstbestätigung. Die Höchstpunktzahl erreichte ich zwar nie, doch keiner brauchte mir helfen. Innerlich wuchs ich über mich selbst hinaus, dass ich sogar ohne Stock zur Scheibe schwankte und meine Pfeile selber zurück holte. Der Beifall, den mir die Anderen zollten war Musik für mich. Ich wusste, dass ihr Lob ehrlich gemeint war. Solche kleinen Höhepunkte waren für mich Ansporn weiter zu machen, mir einfach noch mehr zu trauen. Aber mir wurden auch ganz schnell meine Grenzen gezeigt. Als Ina mich Mal wieder besuchte und beim Arzt zu einem Gespräch war, besuchte mich die KG und lagerte mich. Sie legten mich, in meinem Bett auf meine gelähmte Seite, die Schulter schmerzte so sehr, dass mir die Tränen in den Augen standen, an den Notruf kam ich in dieser Lage nicht und jede Bewegung verstärkte meinen Schmerz nur wesentlich. Ich wollte ja hart sein und durchhalten, doch der Schmerz war stärker. „Sie wollen ja wieder Mal ein normales Leben führen, Herr Grensemann, da müssen Sie schon auf die Zähne beißen, denken Sie einfach an Ihre Frau!" Ich dachte an Ina und fing an um Hilfe zuschreien, der Schmerz hatte gesiegt, leider konnte sie mich nicht hören, war ja zum Arztgespräch. Ich schrie aus Leibeskräften, dann endlich kam meine Rettung, meine Ina und erlöste mich aus meiner misslichen Lage. Wiedereinmal hat sie ihr Reh, wie sie mich immer nannte, gerettet. „Dank, Dank, tausendmal Dank!" Immer wieder höre ich ihre Worte, die sie mir sagte, als ich ihr den Ring gab und sie fragte, ob sie meine Frau werden möchte. Damals sagte sie „ja, ich will, wir haben 12 schöne Jahre miteinander veracht, da werden wir die harten Zeiten auch überstehen und zusammenhalten." Warum nur fing ich an zuzweifeln? Wie ein dunkler Schleier, ein Schatten befielen mich Angst und Zweifel. Waren es die Reden der Anderen, die uns von der Hochzeit abrieten? Oder war ich es? Der Schlaganfall hatte bei mir nicht nur äußere Schäden hinterlassen, ich war viel gereizter und anfälliger geworden. So glaubte ich bei Gegenständen, welche nicht mehr in meiner Reichweite waren, dass mich das Personal ärgern wollte und dies mit Absicht machten. Nun fing ich an, die Fehler, die ich machte, anderen anzulasten. Konnte mein Ungeschick nie mir selber zulasten. Ein Schlaganfall bringt Belastungen mit sich, die man eigentlich gar nicht beschreiben kann, immer wieder diese Depressionen und die Frage „warum gerade ich?" „Wie soll es weitergehen?" „Wie lange dauert es noch?" Selbst den kleinsten Erfolg musste ich hart erkämpfen und da machte es klick, ich hörte Inas Worte, wenn sie sagte „mein Reh, ist ein Kämpfer, der schafft das!" Also wenn ich Mal wieder kurz vor dem Aufgeben war. „Du musst. Du schaffst das." Manche dachten. Nun dreht er ganz durch, nun führt er schon Selbstgespräche. Eigentlich tat ich es ja für mich selbst, doch in Wahrheit war ich stolz, wenn ich Ina von meinen Fortschritten berichten konnte. Nach unserem ersten Urlaub hatte sich einiges geändert. Mittags brachte man mich in den großen Speisesaal. Nicht, das es dort mehr, oder besseres Essen gab. Nein ganz im Gegenteil, es war laut durch die vielen kranken Menschen, die hier versorgt wurden. Einigen ging es noch schlechter als mir. Sie konnten das Essen nicht im Mund behalten, gaben Schreie, oder unmenschliche Laute von sich. Einige wurden sogar aggressiv. Bin ich etwa auch so? Ich muss Ina Mal fragen. Das wäre ja schlimm. Bis heute dachte ich so ein Schlaganfall besteht nur aus der Lähmung und das man seelisch weicher wird, doch was ich hier miterleben musste, war schon erschreckend. Mal sehen an welchen Tisch die Schwester meinen Rolli stellt, nix Schwester. Hier haben die Küchenmädels das Kommando. „Name. Station?" „Ich ruf an, wenn er fertig ist!" Die Schwester schob mich an einen Tisch mit drei freien Plätzen. Der Rolli passte gut an den Tisch. Doch was war das nun wieder? Holt sie einen Stuhl, will die mitessen? Aber nein, den Stuhl hatte sie für mich geholt. Umsetzen, ich wollte nicht, der Stuhl war so hart und Bremsen hatte er auch nicht. Ich war auf Hilfe angewiesen, wenn ich weg wollte, „Sie brauchen sich nicht sorgen, unser Küchenpersonal bringt Ihnen alles." „Schön, ich brauch heute nicht selber kochen?" Das trieb der Küchenfee ein Lächeln ins Gesicht, geht doch, dachte ich mir. Ich bekam einen Teller Suppe, die nach Chemie roch. „Den können Sie gleich wieder mitnehmen, haben Sie nicht ein Schälchen Salat für mich?" „Aber nur ohne Dressing und dann gibt es auch keinen Saft nur Wasser, Sie haben nur 1000 Kalorien." „Und wenn Sie so weiter machen, habe ich zur Entlassung nur noch 1000 Gramm!" „Wir meinen es doch nur gut, mit Ihnen!" Ich weiß, doch reden tat ich mit der Frau nicht weiter, dafür knurrte sie mein Magen laut an. Schade, wenn ich im Rolli sitzen würde, nur zehn Meter trennten mich vom Obstbüfett, da würde ich gern einen

Apfel oder eine Banane, denn auch das andere Essen musste ich ablehnen. Ich war froh, als die Schwester mich wieder abholte und auf Station bringen wollte, auf diesem Weg kamen wir am Obstbüfett vorbei und es gelang mir einen Apfel zu greifen. Das Essen da unten ließ ich meist ausfallen und wich auf die Nahrung aus, welche mein Besuch mir mitbrachte. Erlaubt war das natürlich nicht, durfte mich nicht erwischen lassen. Einige, wenige Male musste ich dann doch am Mittag im Speisesaal teilnehmen. Der Arzt und die Stationsschwester, welche ja für meinen Urlaub verantwortlich waren, bestanden darauf. So auch an diesem Tag, das Umsetzen und der Stuhl blieben mir nicht erspart. Zu mir gesellten sich zwei junge Männer im E-Rolli, denen blieb das Umsetzen erspart. Beide kannte ich schon aus der FT, schon dort beneidete ich sie, dass sie immer im Rolli sitzen bleiben durften, sie konnten auch ihre Arme und Hände uneingeschränkt bewegen. Wie blöd ich war, diese Männer zu beneiden, sollte ich später erfahren. Mit Raimund und Franzl hatte ich mich schon bei der FT gut verstanden und nun hatte der Speisesaal auch etwas von seiner Grausamkeit verloren. Wir unterhielten uns nett, tauschten das Essen untereinander und die beiden halfen mir wo sie nur konnten. Beide hatten ein schweres Schicksal hinter sich,. Beide waren Querschnittsgelähmt, was das für einen Menschen bedeute, sollte ich schon in wenigen Tagen erfahren. Für mich waren es erst einmal Freunde mit denen ich reden und gemeinsam etwas unternehmen konnte. Raimund fing gleich nach dem Essen damit an, ich hatte mich umsetzen lassen und wir drei fuhren ins Internetkaffee, ich hielt mich an einem Rolli fest und folgte ihnen so. Da mich Computer interessieren und ich noch Münzen dabei hatte, war ich dabei. Dort wurde ich von den beiden in die Geheimnisse des Internet eingeweiht. „Bist Du schon im VdK?" Fragten sie mich, „was ist das, brauch ich das?" „Ich zeige Dir das gleich. Das ist der Verband deutscher Kriegsopfer." „Doch Kriegsopfer kann es ja nicht mehr viele geben, was tun die denn dann?" Die beiden klärten mich auf, dass dieser Sozialverband sein Wissen und seine Erfahrung nun für Behinderte und ihrer Angehörigen, einsetzt. Dort kann man sich Hilfe in rechtlichen und sozialen Fragen holen. Die Anwälte des Verbandes kämpfen für die Rechte der Mitglieder und eine eigene Zeitung, hat der V D K auch. Dort stehen die neusten Tipps für Behinderte und ihre Angehörigen drin. „Sollen wir Dich gleich anmelden?" Das klang gut. „Ja, wenn das so einfach geht!" „Kein Problem" Wurde mir erklärt, „das machen wir gleich hier, am Pc." Schnell wurden meine Daten eingegeben und ich sollte es nicht bereuen. Wenige Zeit darauf war ich froh, dass ich im VDK Mitglied war, die beiden klärten mich noch über ihre Erfahrungen und Vorteile, die es hat, wenn man als Behinderter so einen starken Verband hinter sich hat. Bei einem Kaffee erzählten sie mir, mit welchen Problemen sie, außer ihrer Behinderung noch zukämpfen hatten, über Krankenkassen, die nötige Umbauarbeiten nicht bezahlen, Pflegestufen nicht anerkennen wollten. Alles Dinge, an die ich noch nicht dachte, keiner hatte mich, bis zu diesem Tag darauf hingewiesen. Das mein Leben nicht so weiter geht und ich auf Hilfe und Veränderungen angewiesen sein würde, konnte ich mir schon vorstellen, nur mit wie viel

Aufwand alles verbunden war, konnte ich nicht ahnen. Blauäugig, wie ich war, dachte ich doch wirklich, die Klinik und die Kasse würde sich um alles kümmern. Schließlich hat sich mir doch ein Sozialarbeiter vorgestellt und mir versichert, er sei der Mann für alle Probleme, meine Freunde lächelten nur und berichteten mir mit welchen Behörden und Ämtern ich mich in Zukunft rumärgern darf. Leider sollten sie Recht behalten. Das war nicht das letzte Treffen, zum Essen waren wir an einem Tisch und auch so trafen wir uns gern und öfter in der FT oder auf der Terrasse zum Kaffee, unsere Freundschaft und unser Vertrauen wuchs so sehr, dass wir uns genau wie gesunde Männer über Männerthemen und Probleme unterhielten. Meine Freunde wurden beide durch Unfälle Querschnittsgelähmt. Ein Zustand mit dem ich nichts anzufangen wusste. Ich wusste nur, ich bin halbseitig gelähmt, kann nur einen Arm, Hand und ein Bein kontrolliert benutzen, wobei ich ja schon Erfolge zu verzeichnen hatte. Ein paar Schritte konnte ich schon schaffen und sogar einige Stufen. Was aber eine Querschnittslähmung ist, sollte ich erst später erfahren.

Die Wohngruppe

Als ich, wie Frau K. versprochen hatte, meinen letzten Umzug, in diesem Haus hatte, wurde ich auf die Wohngruppe verlegt. Die Vorstufe zur Entlassung. Hier, wo alles normal und nicht krankenhausähnlich war. Die Möbel waren aus Holz, es gab sogar einen kleinen Schreibtisch, wir hatten eine eigene Küche in unserem Aufenthaltsraum und konnten unser Essen selber einkaufen und zubereiten. Jeder aus der Gruppe war Mal, mit Küchendienst dran. Da wir ein buntgewürfelter Haufen, aus allen Schichten, Regionen und Altersgruppen waren, schmeckte das Essen täglich, denn jeder wollte sein Bestes geben und seine Leibspeise vorstellen. Die Ergoküche war von besonderer Bauart, die Schränke konnten elektrisch auf und ab gefahren werden, sodass auch die Rollifahrer, im sitzen an die oberen Schränke kamen. Mir gefiel es hier ganz gut und über jede Tat, die mir ohne Hilfe gelang, freute ich mich. Im gesamten Gebäude bewegte ich mich, mit meinem Rolli selbstständig, ich war sogar außerhalb der Klinik, denn auch ich bekam von der Schwester Geld und musste, genau wie die anderen, in den Laden neben der Klinik fahren und Lebensmittel einkaufen. Jede noch so kleine Unebenheit, Stufe oder Schwelle bereitete mir Schwierigkeiten. Manchmal war ich klatschnassgeschwitzt, wenn ich von meiner Tour zurück kam. Aber ich hatte es geschafft! Wieder ein Stück weiter, in meiner Entwicklung, am Anfang war ich in meinem Zimmer alleine, die Schwester versprach mir aber, „das wird nicht so bleiben." Mir war es ganz lieb, dass ich das Zimmer für mich allein hatte. Eine innere Unruhe befiel mich. Wer wird in mein Zimmer kommen? Wird er Rücksicht nehmen? Oder benutzt er vielleicht meine Zahnbürste? Irgendwie hatte ich mich verändert. Solche Gedanken und Sorgen hatte ich doch als ich noch gesund war, nie. Ist es wirklich der Schlaganfall, bin ich ein anderer Mensch geworden? Eines Tages stellte dann ein Pfleger zwei Taschen in mein Zimmer. „Nun ist das kein Einzelzimmer mehr, nun bekommen sie einen Mitpatienten!" Mit diesen Worten verließ er das Zimmer, nach einer kleinen Weile polterte es von draußen an die Türe, diese wurde weit aufgerissen und herein kam schwungvoll ein junger Mann. Mit seinem Rolli. „Hallo, ich bin der Michael!" Und rollte längsseits an mein Bett, sodass wir uns die Hände zur Begrüßung geben konnten. Da ich das Bett am Fester für mich schon belegt hatte, nahm er das an der Türe. Da ging die Türe auf und Schwester P kam herein. „Ich helfe Ihnen" sagte sie zu Michael, der gerade dabei war seine Sachen in den Schrank zuräumen. Er reicht P. die Sachen zu und sie bestückte die Fächer, in seinem Schrank. „Es gab auch schon Mal Kritik von Michael, „bitte in das Fach und das hätte ich gern dort!" Als die Schwester alles eingeräumt hatte und wir alleine waren, stellten wir uns erst einmal näher vor. Wir erzählten uns gegenseitig unsere Geschichte und wie es dazu kam, dass wir uns hier ein Zimmer teilten. Michael hatte ein ähnlich tragisches Schicksal wie ich, hinter sich, nur das er noch jünger war und nach einem Sturz vom Baugerüst einen Wirbelsäulenbruch und schwere Kopfverletzungen hatte. Deshalb hatte man ihn schon mehrmals operiert und versucht seine Schmerzen zu lindern. Leider wurde er durch diese Verletzungen Querschnittsgelähmt. Ich bewunderte ihn Anfangs noch, wie gut er doch beide Arme und Hände bewegen konnte, ja fast beneidete ich ihn. Doch Neid sollte bald in Mitleid und später in Freundschaft umschlagen. Wenn ich auch manchmal grübelte, wer es besser habe, oder was wichtiger ist. Wenn der Mensch nur halbseitig gelähmt ist, so wie ich? Oder wenn man beide Arme und Hände benutzen kann, wie Michael. Scham stieg in mir auf, dass ich auf die Funktion seiner oberen Gliedmaßen neidisch war. Denn als ich das erstemal sah, er sich einen Katheter einführte. Wurde mir schlecht und ich wollte nicht mehr tauschen, von den anderen Funktionsstörungen, der unteren Extremitäten ganz abgesehen. Da war ich froh, dass ich den Katheter los war und auch alles andere ganz gut funktionierte. Neid und Mitleid waren hier fehl am Platz, dass lernten wir beide bald sehr deutlich kennen. Wichtig war unsere Solidarität und das Verständnis, welches wir füreinander aufbauten. Michael bekam fast keinen Besuch, nur einmal ein Zimmerkollege, aus einer anderen Klink mit dem er sich angefreundet hatte. So war es mir fast peinlich, dass ich so oft Besuch bekam. Eine Kleinigkeit, oder wenigstens Zeit für ein Gespräch hatten alle. Als er mitbekam, wo Ina arbeitete taute er langsam auf und fragte scheu, ob sie ihm ein Radio mit CD-Spieler, für ihn kaufen könnte? Er würde so etwas schon lange suchen. Ina, die ja ein gutes Herz hat, braucht man nicht lang bitten und nach einigen Tagen, als sie mich wieder besuchte, bracht sie einen länglichen Karton mit. Den Karton stellte sie mit den Worten „für Dich, wenn er Dir nicht gefällt, kann ich ihn umtauschen!" zu Michael. Gleich öffnete er seine Nachtischschublade und lud das Teil mit CDs. Preis und Farbe waren OK, wie man an seinen Freudentränen erkennen konnte. Von da an hörten wir nur noch Grönemeyer,. Eigentlich hörte es die ganze Station. Ich wunderte mich schon, wie viele Grönemeyerfans es hier auf Station gab. Es gab nie eine Beschwerde trotz der verschiedenen Generationen, die hier vertreten waren. Die Schwestern tanzten über den Flur und selbst eine ältere Dame, stellte ihre Gehhilfe an die Seite, um mit der Hüfte zuwackeln. Michael war glücklich und alle gönnten ihm sein Glück. Wie sehr dieser Mann litt, wurde mir täglich bewusster, viele Zwischenfälle sollten uns noch ereilen, so polterte es eines Nachts gewaltig, nichtwissend was passiert war, schaltete ich das Licht ein und rief nach der Schwester. Diese hatte die Lage sofort erkannt und rief nach Verstärkung. Michael war aus dem Bett gefallen und hatte einen Krampfanfall. Der Arzt gab ihm eine Spritze und mit vereinten Kräften hoben sie ihn in sein Bett, ich konnte in dieser Nacht keinen Schlaf mehr finden, es war kein Mitleid, es war die Frage, ob es mir genauso ergehen könnte? Auch ich hatte schließlich eine Kopfoperation hinter mir. Bei unseren täglichen Therapien begegneten wir uns oft und auch unsere Freizeit verbrachten wir oft und gerne gemeinsam, so kam es dazu, dass ich Michael mit meinen beiden Freunden, die auch einen Querschnitt hatten, bekannt machte. Nun waren wir eine richtige kleine Männergruppe, die auch viel gemeinsam unternahm. Mit den Augen vernaschten wir die Schwestern und Schülerinnen. Mal ein Kinobesuch. Mal ein Spielabend in der FT. Was für uns wichtig war, wir halfen uns gegenseitig, keiner hatte das Gefühl, nicht gebraucht zuwerden. Wir gaben uns nicht auf! Wir hatten Ziele und wenn es die kleinen Geschenke waren, die wir in der FT für unsere Lieben zu Hause, oder eine nette Schwester, bastelten. Ina wurde schnell in diese Gruppe aufgenommen, da sie immer nett und freundlich war, für jeden Verständnis zeigte. Alle wussten, dass wir uns lieben und jeder gönnte uns unser Glück, das ging soweit, dass Raimund mir, zu unserer bevorstehenden Hochzeit, seinen neuen Rolli borgen wollte. „An solch einem Tag kannst Du doch nicht mit dem alten AOK Teil antreten!" Waren seine Worte. Ich wusste nicht, was ich außer „Danke" sagen sollte, so gerührt war ich. Ina, die uns Mal wieder mit Malzbier versorgt hatte, war erstaunt über solch starke Freundschaft, denn eigentlich waren wir ja nur Leidensgenossen. Die Vorbereitung für die Hochzeit lief auf Hochtouren, leider blieb der größte Teil an Ina hängen. Das ging schon los, als sie das Aufgebot bestellen wollte, auf dem Amt. „Das geht nicht, da müssen beide Partner anwesend sein!" Mit solchen Problemen wollte man uns das Leben wohl noch schwerer machen? Was soll das? Hat es Ina nicht schon schwer genug? Die Arbeit, den Haushalt, Überstunden, damit sie mich alle zwei Tage besuchen kann. Dann immer die Sorge, wie es mir geht. Ist alles im grünen Bereich? Oft staunte ich über diese Frau, wie sehr sie doch kämpft, sie muss mich lieben, an etwas anderes konnte und wollte ich nicht glauben. Doch selbst wenn wir verheiratet sind, soviel ändert sich dann auch nicht. Sie hat ihre Arbeit und den Haushalt und ich werde wohl noch ein ganzes Stück

Arbeit vor mir haben, bevor ich wieder auf die Beine komme und entlassen werde. Also nahm ich regelmäßig an meiner Krankengymnastik teil und kämpfte für jeden Schritt. Ich war zu allen Schandtaten bereit und wenn ich wusste, dass ich Therapie hatte rief ich nach der Schwester, damit diese mir beim Umsetzen helfen konnte und ich rollte dann zu meinen Anwendungen. Eigentlich war es ja Aufgabe der Schwestern, mich zubringen, doch das ließ ich mir nicht nehmen allein zufahren und oft war es schwer für mich, die kleinste Unebenheit, Gegenverkehr, alles Probleme für mich, nicht zu vergessen mein Gesichtsfeldausfall. Um das Ambiente zuheben hatte man große Grünpflanzen, an den Seiten der Gänge aufgestellt. Zu meinem Leidwesen, denn ich sah die Pflanzen, die links waren nicht und rammte sie mit gleichbleibender Regelmäßigkeit, ich fluchte, mein Schwung war weg und ich musste neu anfahren. Alles mit einer Hand und einem Fuß, links funktionierte bei mir ja nichts, ich war froh, wenn die linke Hand sich nicht im Rad verklemmte und der Fuß nicht umknickte. Das Lächeln und Lob der Therapeutinnen, wenn sie mich mit den Worten, „oh, ganz allein geschafft?" „Ja" nickte ich schweißgebadet und keuchend, wie ein Fünfkämpfer. Doch das Lächeln der jungen, hübschen Therapeutinnen, ließen mich allen Stress vergessen und gleich nach der Begrüßung ging es auch schon los. „ So, dann ziehen wir uns Mal aus." Ich lächelte und antwortete, „da fangen Sie doch schon mal an." Dabei wollte ich sie nicht beleidigen, hatte nur auf ihre Hilfe gehofft. Doch damit waren sie sparsam. Meist zeigten sie mir, wie man sich mit einem Arm, einer Hand, an und ausziehen kann. Anfangs verstand ich den Sinn dieser Übungen, bei denen ich mich fast immer selber gefangen nahm, nicht. Mal steckte ich mit meinem Kopf im Ärmel. Mal hatte ich kein Loch mehr für den Kopf frei. Und wenn ich dann ganz stolz und erleichtert angezogen war, sagten meine Therapeuten. „So nun das ganze noch Mal, Sie haben den Pullover falsch rum an!" Die Mädels kicherten, ich muss wohl zu komisch ausgesehen haben, aber sie halfen mir und erklärten wie ich es besser machen kann. Der Trick mit dem Nackenfax, aber ich war nicht zum Anziehtraining hier, bei jeder KG gab es für mich neue Überraschungen. Mal sollte ich auf ein Trampolin steigen und hüpfen. Mal stellte man mich auf ein Laufband. Einmal bekam ich Manschetten an die Waden geschnallt, die mir kleine Elektroschocks versetzten, wenn der nächste Schritt dran war. Einmal kam ein Therapeut auf die Idee, ich könnte es doch mit einem Elektrorolli versuchen, das wäre für mich doch viel einfacher und eine gesunde Hand für den Joystick hatte ich ja. Also besorgten sie solch ein Gerät und wir fuhren los. Auf geraden Strecken kein Problem. Es durfte nur nichts meinen Weg versperren, oder links von mir, zu weit im Gang stehen. Den Blumentopf traf ich natürlich, mit diesem Rolli auch wieder, nur diesmal etwas härter. Der E-Rolli hatte ein größeres Gewicht und eine höhere Zerstörungskraft, es tat mir leid um die Pflanze, doch ich war auch froh, dass kein Mensch an der Stelle stand. Ihn hätte ich durch meinen Gesichtsfeldausfall auch nicht gesehen. Kurz vor Ende meiner Fahrt kam mir Michael, mit seinem Rolli entgegen. Winkend wollte er mich begrüßen, doch ich schrie ihm entgegen, „mach bitte kein

Scheiß, ich habe das Teil nicht unter Kontrolle!" Als wir dann wieder im KG-Raum waren, wurde beschlossen, dass solch ein Rollstuhl für mich doch nicht das Richtige ist. Dem stimmte ich zu, hatte schließlich bei meinem Ausflug eben mindestens genauso viel Angst, wie meine Therapeuten. Die Wochenenden an denen Ina keine Zeit hatte mich zu besuchen, waren für mich die schlimmsten. Natürlich bekam ich von meiner Familie und Freunden Besuch, doch ich sehnte mich eben so nach ihr, wollte von meinen Erfolgen erzählen. Aber wie blöd war ich eigentlich? Ich bekam wenigstens Besuch und wenn Ina es am Wochenende nicht schaffte, hatte sie dringende Gründe, meist bereitete sie unseren nächsten Urlaub vor. Wenn es uns möglich war, telefonierten wir so oft es nur ging. Mit Ina hatte ich auch ein Lauftraining begonnen. Die beiden Häuser unserer Klinik waren im zweiten Stock mit einem Gang über die Straße verbunden. Hier waren an beiden Seiten Geländer angebracht, sodass man sich gut daran festhalten konnte. Zufällig beobachtete ich, wie ein Schlaganfallpatient dort immer das Laufen übte. Seine Frau begleitete ihn, indem sie ihm mit dem Rolli folgte, so konnte er pausieren, wenn seine Kraft am Ende war. Dieses Erlebnis beeindruckte mich. Bevor ich in die Wohngruppe kam, war ich mit ihm auf einem Zimmer, wir waren uns also nicht fremd. Ich wusste von seiner Krankengeschichte und das er eigentlich noch schlimmer betroffen war , wie ich. Sofort stand mein Entschluss, hier auch das Laufen zu üben fest. Ich zog meine Therapeuten ins Vertrauen und teilte ihnen mein Vorhaben mit. Leider waren sie nicht so begeistert wie ich von meiner Idee. „Da muss schon jemand von uns dabei sein, um das Ganze zu beobachten und überwachen." Meine enttäuschten Blicke konnten sie dann aber doch überzeugen, es einmal mit mir zuprobieren und oh Freude, ich schaffte es schon beim ersten Versuch einige Meter, es war nur ein kleines Stück von dem Gang, der mir unendlichlang vorkam. Doch ich hatte den Ersten Schritt gemacht. Ich stand noch immer, zitternd und voller Stolz an diesem Handlauf. Da viel mir dieser Spruch ein, „auch die größte Reise beginnt mit dem ersten Schritt." Ich war voller Tatendrang und glücklich, meine persönliche Reise begonnen zu haben. „Geht's Ihnen gut?" Hörte ich eine Stimme neben mir, „ja wir können gleich weiter". „Aber nicht mehr heute, das nächste Mal, komme ich wieder mit und helfe gerne!" Glücklich und zufrieden mit meiner Heldentat, kehrten wir zurück auf mein Zimmer. Michael hatte die Türe von innen blockiert, wir kamen nicht ohne weiteres ins Zimmer. Gleich riefen wir, voller Angst nach der Schwester, die öffnete die Tür mit großer Mühe, von innen hatte sich sein Rolli quergestellt, sodass die Tür nur mit großer Mühe zu öffnen war. Da hörten wir ein Jammern aus dem Bad und die Schwestern fanden ihn im Bad, hilflos am Boden liegend. Er hatte versucht in seinen Toilettenstuhl umzusetzen und wollte duschen. Mitleid, Zweifel und Unverständnis tobten in meinem Kopf. Warum macht der Mann das? Die Schwestern hätten ihm doch bestimmt geholfen und prüde war er nicht. Noch am selben Tag sollte ich mir diese Frage selber beantworten können. Wir kamen gerade vom Abendbrot zurück in unser Zimmer, ich hatte den nächsten Tag Schwimmen, so wollte ich meine Badesachen bereit legen. Der Schwimmbeutel lag im Schrank, nur ein Handtuch und Duschbad fehlten noch, das hatte mir Ina doch aber mitgebracht, dass wusste ich genau. So befestigte ich die Rollibremsen, stand auf, um in die Fächer zu sehen, die ich nur im Stand sehen konnte. Richtig da war doch Handtuch und Duschbad. Mit der Hand, mit der ich mich eben noch am Schrank festhielt, griff ich danach. Das war mein Fehler ich verlor das Gleichgewicht und fiel mit dem Duschbad in der Hand um. Michael, der den Knall meines Aufpralls gehört hatte, eilte sofort mit seinem Rolli herbei und fragte. „Bist Du verletzt, soll ich Dir helfen, oder Hilfe holen?" Ich konnte mir nicht vorstellen, wie er mir hätte helfen können, ich hatte Angst, bei dem Versuch könnten wir beide auf dem Boden liegen, so bat ich ihn zu klingeln. Nun fing ich an, ihn zu verstehen, auch ich hätte schließlich nach der Schwester klingeln können und sie bitten meine Sachen zu holen, aber erst Mal selber versuchen und das Ergebnis liegt nun hier, mit Kopfschmerzen, auf dem Boden. Hätte ich doch nur… Zu spät, hoffentlich ist nichts passiert sonst wirft mich das zurück, ich habe schon soviel geschafft und nun so etwas. Wut über meine Dummheit mischt sich mit meinen Kopfscherzen. Wieder was gelernt. Die Schwestern kamen gleich im Trio ins Zimmer, sie waren ja schon Kummer gewöhnt, „was ist nun schon wieder?" Fragten sie, weil sie Michael friedlich im Rolli sahen. Von der Türe aus konnten sie mich nicht sehen. Ich rief nach den Schwestern, diese kamen kopfschüttelnd und fragend, auf mich zugerannt. „Was haben Sie denn nun wieder angestellt?" Ich verweigerte die Aussage, die Fragen gingen weiter, „sind Sie auf den

Kopf gefallen?" „Nein, bin nur zusammengesackt." „Haben Sie noch Schmerzen?" „Nein alles OK" „gut dann müssen wir auch nicht zum Röntgen." Ein Stein viel mir vom Herzen. Morgen wollte Ina mich doch nach Hause holen. Mit viel Mühe schafften es die drei Schwestern mich in den Rolli zusetzen, zu fünft atmeten wir auf. Michael lächelte, er war froh, dass mir nichts weiter geschehen war, ich behielt meine Kopfschmerzen für mich, war ja schließlich meine Beule. Bevor die Schwestern gingen, bat ich sie noch meiner Ina nichts zu erzählen. „In unseren Bericht müssen wir das schon schreiben, aber der ist nicht für Besucher." Ich war etwas beruhigter und goss mir Wasser in meinen Becher, was mir nur mühselig gelang, zitterte ich doch noch am ganzen Körper. Nun waren wir quitt, wir hatten uns gegenseitig gerettet, doch das was für uns normal. Wir hatten ja größtes Verständnis, füreinander, ja sogar Bewunderung. Wenn wir sahen, wie der Andere kämpft und jeder von uns kämpfte. Nichts war mehr normal. Wir lebten in einer anderen, unrealen Welt, in der wir Außenseiter waren, dass spürten wir täglich aufs Neue. Meist waren wir mit unseren Problemen alleine und wenn uns Jemand Hilfe anbot, nicht immer wollten wir sie. Vieles musste erst selbst ausgetestet werden, so wie ich eben, mit meinem Versuch etwas aus dem Schrank zu holen. Klar, dass war ein Fehler, doch es war auch eine Erfahrung. Ich musste meine Grenzen austesten, nur dann könnte ich meine Behinderung besiegen und aus dem Gefängnis, meiner Lähmung ausbrechen. Leider waren die Halbseitenlähmung und der Gesichtsfeldausfall nicht meine einzigen Probleme. Trotz meiner positiven Denkweise, meiner Freude auf die Zukunft, kamen mir manchmal Zweifel an meiner Umwelt. So hatte ich den Verdacht, dass mir alle, außer Ina, das Leben noch schwerer machten. So standen die Möbel im Zimmer nicht so, wie immer, am Wasserhahn fehlte die Befestigung für meine Zahnbürste und ich hatte doch tatsächlich Michael in Verdacht. Doch er stritt alles ab. Nach Tagen, wir kamen gemeinsam vom Essen, standen die Möbel wieder so, dass ich mit dem Rolli nicht durchs Zimmer kam. Die Putzfrau, sie hatte gerade das Zimmer gereinigt und die Möbel verstellt. Irgendwie schämte ich mich für meine Verdächtigungen meinem Zimmerkameraden gegenüber, wo wir doch zusammenhalten sollten und es meistens auch taten. Wenn wir auch unsere Späße machten, zum Lachen war uns nicht immer. Oft haben wir innerlich geweint. Es durfte nur kein Selbstmitleid werden und dabei half uns die Gruppe. Die Wohngruppe, wir waren mit unseren Sorgen, Nöten und Erfolgen nicht alleine. Das Mittagessen bereiteten wir gemeinsam zu. Natürlich war jeder Mal mit dem Kochen an der Reihe. Und so gab es auch für die Bundesländer typischen Gerichte und Spezialitäten. Jeder wollte, mit seinem Leibgericht die Anderen beglücken. Es war fast wie im normalen Leben, alle verdrängten ihre kleinen und großen Sorgen, wenn Mal ein Patient keinen Besuch erhielt, so trafen sich alle im Clubraum. Meist gab es dann Kaffee, Kuchen, oder Waffeln, die wir selbst gebacken hatten. Ina hatte unser Waffeleisen mitgebracht, hier wurde es wenigstens genutzt. Auch außerhalb der Essens, Besuchszeiten trafen wir uns im Clubraum. Ganz anders, wie in den anderen Stationen, wo ich Angst vor Clubräumen hatte, weil man umgesetzt wurde und auf die Gnade der Schwester angewiesen war, wenn man auf Toilette oder zum Telefon wollte. Außer Michael hatte ich hier noch andere Freunde gefunden. Mein Schachpartner Gino zum Beispiel. Wir entdeckten, dass wir außer dem königlichen Brettspiel auch noch andere Gemeinsamkeiten hatten. Beide kochten wir gerne und beide sammelten wir gern Pilze. Gino, ich durfte ihn so nennen, bestand darauf am nächsten Tag für unsere Station Pizza zu backen. Er hatte zusammen mit seinen Söhnen eine Pizzeria und wollte einige Bleche von ihnen vorbereiten lassen. „Im Steinofen schmecken die erst richtig, ich ruf gleich heute Abend meine Jungs an." Meine Thüringer Klöße mit Rouladen hatten ihm so gemundet, dass er unbedingt das Rezept wollte. Bei der nächsten KG fragten mich meine Therapeutinnen, warum wir sie , um die Mittagszeit so quälen würden. Ich verstand den Sinn der Frage nicht. Unsere Wohngruppe und die KG lagen auf einer Etage, nicht weit voneinander entfernt und die Düfte der Speisen, die bei uns zubereitet wurden, drangen in alle Räume. Lächelnd erzählte mir die Kleine, mit knurrendem Magen, was es bei uns alles schönes gegeben haben muss, „aus der Krankenhausküche kamen diese Düfte nicht, dort riecht und schmeckt es anders" sagte sie etwas traurig mit einem Geräusch in ihrem Bauch, als wolle ihr Magen sagen, „habt ihr nicht auch ein Häppchen für mich?" Die Behandlung war beendet, ich hatte fleißig meine Übungen gemacht und alle rissen sich darum, mich zurück auf meine Station zubringen. Doch dafür gab es nur eine Favoritin. Schon wo die Tür zum Gang geöffnet wurde, schlug uns der Duft von frischer Pizza entgegen, meine Therapeutin wurde immer schneller, je näher wir unserer Küche kamen. Natürlich bekam sie auch ein Stück Pizza ab. Sie bedankte sich und glücklich tänzelnd verschwand sie zurück zu ihrer KG. Arzt, Schwestern, Frau K. und alle Bewohner speisten gemeinsam die leckere Pizza, keiner von unserer Station war an diesem Tag im Speisesaal. Eine Maßnahme, die wir zum Leidwesen unserer Diätberaterin wiederholten. Unserem Arzt und Frau K, gefielen unsere Aktivitäten und unser Zusammenhalt, halfen sie uns doch über den Rand unserer seelischen Löcher zuschauen und wieder positiv zu denken. Keiner sah nun mehr, nur sein eigenes Leid sondern jeder erkannte, dass alles noch viel schlimmer sein könnte. Alle nahmen wir nur das Gute und Freundliche in uns auf. Ich habe hier, in der Wohngruppe nie einen Menschen schimpfen hören. Eine ältere Dame, die ich beim Halma immer gewinnen ließ, weinte. Eines Tages saß sie schluchzend in ihrer Ecke. Vor ihr auf dem Tisch lag ein Brief, der mit vier Tassen an den Ecken beschwert war, damit sie ihn lesen konnte. Elli hatte auch einen Schlaganfall und war halbseitig gelähmt wie ich und die eine Hand benötigte sie, um ihre Tränen zutrocknen. Da wir oft zusammen spielten wusste ich, dass sie und ihr Mann Lehrer waren. Ich versuchte sie zu beruhigen, doch die Schwester hielt mich davon ab. „Schon gut Herr G., das sind Freudentränen, man hat ihren Mann für das Bundesverdienstkreuz vorgeschlagen und nun freut sie sich!" Das konnte ich ja nicht wissen. Ich sorgte mich nur um sie. Bei einem Tee machten wir dann noch ein Spielchen und es waren keine Taschentücher mehr nötig.

„Den Brief hebe ich mir auf, ich bin so stolz auf meinen Hugo." Ein schöner Tag sollte traurig enden. Inas Anruf blieb aus, meine Werte waren schlecht und ich bekam keinen Wochenendurlaub, nur Samstag bekam ich frei. Als ich Ina anrief, um ihr diese schlecht Nachricht mitzuteilen, hatte auch sie eine traurige Meldung. „Ich muss am Samstag arbeiten, habe dafür aber den Freitag frei." Für einen Augenblick wurde alles dunkel um mich herum. Was soll das, haben sich alle bösen Kräfte gegen uns verschworen? Traurig legte ich den Hörer auf und wollte schlafen. Mit dem Gedanken, dass wir am Wochenende nicht zusammen sein könnten schloss ich die Augen. Doch nach wenigen Minuten, da klingelte mein Telefon. Ina war es, sie hatte sich einen Plan zur Rettung unseres Wochenendes ausgedacht. „Ich komme morgen früh zu Dir, wir machen gemeinsam Schwimmtherapie und sind dann den ganzen Tag zusammen und am Abend können wir dann in Deiner Klink ein Zimmer mieten, habe eben mit der Rezeption gesprochen." Toll, ich war begeistert, was diese Frau alles möglich macht. Ganz hatte ich noch nicht verstanden, nur soviel, die nächste Nacht würde ich mit meiner Verlobten verbringen, nun war ich freudig und beruhigt, dass ich schlafen und von meiner Süßen träumen konnte. Schnell war die Nacht vorbei. Michaels klappern im Bad störte mich diesmal nicht, ich war ihm sogar dankbar, dass er mich weckte, denn heute hatte ich viel vor. Ina wollte mit mir Schwimmen und natürlich auch ihren neuen Bikini präsentieren, den ich noch nie an ihrem schönen Körper sah. Danach wollten wir bei einem Stadtbummel noch einige Sachen kaufen, schön Essengehen und auf unser

Zimmer. Ina hatte von der Frau eines Mitpatienten, einige Adressen von Hotels, und Zimmervermietungen bekommen, diese sahen wir uns an, für den Fall wir kommen Mal wieder in Zimmernot. Leider nichts für uns passendes dabei. Zu teuer, zu viele Treppen und andere Widrigkeiten. Die Zeit war uns zuschade, wir wollten es nach dem Schwimmen mit einem Klinkzimmer versuchen. Wir holten meine Sachen, den Urlaubsschein und verabschiedeten uns. Ich hatte nun unsere Taschen auf dem Schoß und Ina schob den Rolli wie einen Gepäckwagen, wer uns sah glaubt nicht, dass wir nur eine Nacht weg bleiben. An der Rezeption, wir bezahlten das Zimmer im voraus und erhielten den Schlüssel. Neben uns stand ein Küchenmädchen und sprach. „Sie können auch gern, mit ihrem Mann im Speisesaal frühstücken." „Nein danke, wir teilen uns mein Essen!" Darauf erwiderte sie lächelnd, „das muss Liebe ein, wenn Sie so wenig noch teilen wollen!" Ihre kleinen, runden Augen leuchteten. Alle beneideten uns über unser Glück, dass uns anscheinend im Gesicht geschrieben stand. Endlich standen wir vor der Türe, zu der unser Schlüssel passte. Von Außen unterschied sich die Tür nicht von den anderen auf dieser Station. Ina öffnete und uns erwartete ein schlicht eingerichtetes Zimmer. Nur das Notwendigste war vorhanden. Telefon, Bad mit Toilette und Dusche, ein Bett. Ein Tisch mit zwei Stühlen. TV und Telefon standen auf einem zweiten Schränkchen. Mit großer Mühe und Inas Hilfe setzte ich mich um. Sie hatte einige Sachen ausgeräumt und war mit Handtuch und Kulturbeutel im Bad verschwunden. Was hätte ich dafür gegeben, wenn ich mit ihr zusammen hätte duschen können, doch das hatten wir ja heute beim Schwimmen schon. Ich saß voller Erwartung auf meinem Bett. Mein Herz klopfte in meiner Brust, als wolle es vor Freude herausspringen. Kleine Schauer erschütterten meinen Körper, als ich sie durch einen kleinen Spalt beim Duschen beobachtete. Ina singt oder summt beim Duschen immer ein Liedchen. Entspannt lehnte ich mich zurück, der Rücken schmerzte, weil ich ja nun schon einige Zeit im Rolli saß. Mit geschlossenen Augen versuchte ich mich zu entspannen. Inas Liedchen und die Dusche verstummten und ich öffnete meine Augen, um zusehen, wie sie aus dem Bad kam. Nur ein Badetuch, das an ihrer Hüfte, durch einen Knoten gehalten wurde, bedeckte ihren Körper. Doch als sie zu mir kam ließ sie auch dieses letzte Bollwerk fallen und setzte sich zu mir. Ihr Duft und ihre Zärtlichkeiten raubten mir die Sinne. Mit meiner Rechten streichelte ich ihren ganzen Körper. Ihre pfirsichweiche Haut atmete unter meinen Berührungen. Wir hatten einen Vulkan entfacht, den wir löschen wollten. Ina half mir beim Auskleiden und wir verwöhnten uns wie zu den Zeiten, als wir uns die ersten Male trafen. Sie gab mir Kraft, richtete mich auf und setzte sich mit ihrer feuchten Lust auf meinen Schoß. Dies war die einzige Stellung, die es uns ermöglichte uns fast schmerzfrei zu vereinigen. Ich war noch ein Mann und wir erreichten unsere eigene Galaxie. Unsere Körper bebten. Es gab keine Klinik, keine Behinderung,, keine Schmerzen. Kein Du, kein Ich. Nur noch ein Wir. Ein Ying und Yang. Ein Heiß und Kalt. Ein Licht und eine Dunkelheit. Eine Frau und ein Mann tauchten, umgeben von allen Spektralfarben in den Urknall ein. Von kleinen Nachbeben erzitternd sank sie zu einem langen Zungenkuss, auf mich nieder. Der Schlaf hatte seinen Mantel über uns gelegt und uns mit einem Strauß schönster Träume beschenkt. Da riss uns ein widerliches Geräusch aus unserem Schlaf. Das Telefon! Ina schreckte auf, rannte nackt und geschmeidig zum Telefon. Ich konnte meine Augen nicht von ihrem Körper lassen. Sogar beim Telefonieren war diese Frau sexy. Leider änderte sich ihre gute Stimmung und ihre Gesichtsfarbe. „Wir müssen los, ich muss doch heute arbeiten und Deine Medikamente!" Der Anruf kam von der Rezeption, dort hatten wir uns ja zum Wecken eingetragen. „Nun aber schnell!" Katzenwäsche und schnell angekleidet. Während Ina duschte und sich schönmachte, nahm ich meine Medikamente. So eilig hatte ich es gar nicht. Doch was sollte ich tun? Einer musste ja arbeiten und es wird bestimmt nicht unsere letzte gemeinsame Nacht bleiben. Sorgen machte ich mir nur um Ina, sie beeilte sich so, fertig zuwerden und ich konnte nur wenig behilflich sein. Alles blieb an ihr hängen und lastete auf ihren zarten Schultern. Unsere Tasche auf dem Schoß eilten wir wieder zurück auf die Wohngruppe. Im Vorbeifahren griff ich schnell nach einem Apfel aus unserer Obstschale, die immer mit Früchten gefüllt auf dem Gang zu meinem Zimmer stand. Ina tauschte schnell noch meine Wäsche gegen saubere und wollte schon los. „In der Küche gibt es bestimmt noch Frühstück, nimm wenigstens den Apfel!" „Danke, ich habe es eilig!" Doch den Apfel nahm sie dankbar, noch schnell ein Küsschen, „wir telefonieren!" „Bitte fahr vorsichtig, Du weißt wir wollen in zwei Wochen heiraten!" „Ja, mach Dir keine

Sorgen, ich ruf an". Die Tür flog hinter ihr zu und ich war wieder alleine. Nicht lange, dann kam Michael zurück. Gleich fragte er wie es denn war. Ich konnte ihm nicht antworten, warum sollte ich ihn auch mit meinen Glücksgefühlen quälen? Ich wusste doch genau, dass seine Freundin ihn, nach seinem Unfall verlassen hatte und er darunter sehr litt, ich fand es unpassend nun von meinem Liebesleben zu erzählen. „Es war schön!" Das musste reichen. Mit dieser Antwort war er zufrieden und wir schwenkten vom Thema ab, hörten Musik und machten Pläne für den Tag, es war ja Samstag und wir hatten keine Therapie, also mussten wir uns selber beschäftigen. Ich hatten an diesem Tag so gar keine große Lust auf Gesellschaft, wollte einfach nur mein Glück für mich alleine genießen und noch etwas nachwirken lassen. So nahm ich mir mein Buch, das ich schon dreimal begonnen hatte, vor und las. Eigentlich wartete ich ja auf Inas Anruf. Am Nachmittag bekam ich Besuch, meine Sportfreunde und mein bester Freund, mit seiner Frau, besuchten mich. Alle hatten an mich gedacht und ich war irgendwie froh, so viele Freunde zu haben. Gegen Abend konnte ich Michael dann doch überzeugen mit in die FT zukommen und dort fand der Tag einen schönen Ausklang. Michael konnte sich so herzlich freuen, wenn er beim Siel gewann und alle gönnten ihm seine Siege. Mitten im Spiel wurde ich vom Tisch weggeholt und man fuhr mich ins Büro. „Telefon für Sie," ich nahm den Hörer, es war Ina. Zuerst kleine Vorwürfe. „Ich konnte Dich nicht erreichen und machte mir Sorgen." Dann aber andere Töne. „Es war wunderschön, die Nacht mit Dir war wie in alten Zeiten, ich liebe Dich mein Reh!" Sie sagte mir noch, dass mit unseren Hochzeitsvorbereitungen alles klappt und sie mich morgen wieder besucht. „Ich kann ja gleich wieder unser Zimmer bestellen!" Sagte ich noch frech. „Ne. Lass mal bitte, ich muss ja auch mal arbeiten, trainier lieber, dass Du bald wieder fit bist und nach Hause kannst!" Kurze Pause dann ging es weiter, „wir sind doch bald eine Familie und für immer zusammen!" So sollte es sein und die nächsten zwei Wochen vergingen wie im Flug. Jeder kämpfte auf seinem Platz. Ina bereitete unsere Hochzeit vor und ich trainierte jeden Tag, so fleißig ich nur konnte. Dann war es endlich soweit, es war Freitag der 12 März 1999 und Ina holte mich, ihren Verlobten, aus dem Krankenhaus ab. Als ihren Ehemann wollte sie mich am Sonntagabend zurückbringen. Alle unsere Freunde hatten sich noch von uns verabschiedet. Raimund brachte mir den neuen Rollstuhl, den er mir für die Hochzeit borgte und wir fuhren los. Als wir in Lohlelden ankamen, trauten wir unseren Augen nicht. In unserer Straße hingen Wäscheleinen quer über die Straße gespannt, an denen war Kinderwäsche und Hausrat befestigt. Sie hielt vor unserem Haus. Alle Nachbarn und unsere Vermieter warteten schon auf uns. Über der Eingangstüre hing ein Schild, welches mit grünen Zweigen umrahmt war. Darauf stand „ein herzliches Willkommen, dem grünen Brautpaar." Mit so viel Anteilnahme hätten wir nun nicht gerechnet, doch auch hier freuten sich alle über unserem Entschluss und unser Glück. Die Männer trugen mich dann mit meinem Rolli in die Wohnung. Andere folgte zusammen mit Ina und unseren Sachen. „Wann sollen wir Dich morgen abholen?"

„Zehn Uhr" sagte Ina freundlich und wich dabei nicht von meiner Seite. Ich war so glücklich, könnte die Welt umarmen, bei dem Gedanken morgen diese wundervolle Frau zu heiraten. Nach meiner Scheidung wollte ich nie wieder eine Frau heiraten. Das macht nichts. Ina ist keine Frau, sie ist eine Göttin! Unsere Gäste zogen sich diskret zurück und wir waren in unserem kleinem Heim alleine. „Geht es Dir gut?" Fragte mich Ina, nach einem sehr langen , leidenschaftlichen Kuss. „Ja" war meine kurze, gehauchte Antwort, dabei drehte sich bei mir alles und mein Herz schlug so schnell, als wolle es vor Glück, aus meiner Brust springen. Bewundernd sah ich sie an, wir kannten uns nun schon über zehn Jahre, aber so glücklich und so schön, sah ich sie noch nie. Nach einem gemeinsamen Sekt und vielen Zärtlichkeiten schliefen wir dann glücklich ein. Samstag, der 12 März 1999. Ich erwachte, da kam Ina schon frisch geduscht aus dem Bad, mein Gott ist die Frau schön! Und in wenigen Stunden wird sie meine Frau sein, bis wir hundert Jahre alt sind. Nackt kam sie , mit einer Schüssel warmen Wasser und einem Waschlappen bewaffnet und wusch mich, wie mich noch nie jemand gewaschen hatte, noch rasieren und etwas Duft dann durfte ich mich umsetzen und wir fuhren in die Stube. Dort war der Tisch feierlich gedeckt und geschmackvoll dekoriert. Nun verstand ich, warum es den Sekt gestern Abend in Schlafzimmer gab. „Das haben Deine Schwestern gestern so schön geschmückt und Du sollstest es erst heute sehen!" Ein leichtes Frühstück gemütlich, bei Kerzenschein und verträumter Musik und dann ging es ans Anziehen. Was bei mir mit Problemen und Schmerzen verbunden war.

Wenn ich überhaupt gelaufen war, dann in Turnschuhen mit Glättverschluss. An alles hatten wir gedacht, doch an Schuhe? Nach langem Suchen fand ich ein Paar, in das ich meine geschwollenen Füße zwängen konnte. Ina war gerade Umgezogen, als es bei uns klingelte. Die Männer aus der Nachbarschaft und erste Gäste. „Alles klar, wir sind bereit!" Ich wurde nach unten getragen und in das geschmückte Hochzeitsauto gesetzt, natürlich mussten alle Frauen noch mal an mir rumwerkeln. Einen kleinen Blumenstrauß ins Knopfloch, den Binder gerade, Hemdkragen gerichtet. Im Schritttempo fuhren wir dann zum Rathaus. Hinter uns hatte sich eine hupende Autokolonne gebildet. Wir durften auf den sonst gesperrten Parkplatz fahren und stiegen aus. Die Standesbeamtin erwartete uns schon und hatte alles vorbereitet. Ich wusste nicht, dass unsere Hochzeit in der Zeitung angekündigt war, so kamen außer Freunden, Bekannten, den Familien, auch die Nachbarn und die halbe Stadt, sogar die Sonne verwöhnte uns mit ihren wärmenden Strahlen, sodass ich in meinem viel zu engen Anzug zu schwitzen bekann. Doch nun gab es kein zurück mehr, nicht so kurz vor dem Ziel. Meine kleinen Nichten gingen als Blumenmädchen voran und streuten fleißig Blümchen auf den Weg, der ist Innere führte. Am Eingang ließ sich die Beamtin von uns noch die Papiere und Trauzeugen zeigen und dann durfte die gesamte Gesellschaft eintreten. Der für mich gedachte Stuhl wurde entfernt, ich saß ja im Rolli, der nur schwerlich in diese schmale Reihe passte. Mit meiner Hand umklammerte ich das Kästchen mit den Ringen, dass ich in meiner Tasche hatte, jeder Zeit bereit es der Beamtin für ihre

Handlung zu übergeben. Ich drehte mich kurz um, um zusehen, ob alle da waren und einen Platz bekommen hatten. Da sah ich, wie die ersten Taschentücher schon mit Tränen getränkt wurden. An diesem Tag blieb kein Auge trocken. Eine Totenstille trat ein, als die Musik, die zum Einmarsch gespielt wurde, verstummte. Die Standesbeamtin hatte sich uns gegenüber aufgebaut und begann ihre Rede von Liebe und Treue, Familie und Glück, den besonderen Umständen. Fang endlich an! Dachte ich so im Stillen. Und als könne sie meine Gedanken lesen, sprach sie die Formel. „Wollen sie Frau M R den Herrn VG zu ihrem Mann?" Ein zärtliches ‚aber bestimmtes „Ja" kam über ihre zarten Lippen. Nun war ich an der Reihe. Wenn die Beamtin fragt, steht man ja auf und sie fragte auch mich. „Wollen sie Herr V, G die Frau M R?" Ich stand aus einem Rolli auf und sagte mein. „Ja, ich will!" Ich glaube ich habe nicht gesprochen, ich glaube ich habe dieses ja, geschrieen. Da ich ja aufgestanden war um diesem Akt den nötigen Respekt zu zollen, kamen meine Trauzeugen zu mir gelaufen, um mir Halt zu geben, doch mein Stolz siegte. Ich wollte in diesem Moment, auf den ich so lange gewartet und für den ich so hart trainiert hatte, Aufrecht und alleine stehen. Die Beamtin reichte uns das Schälchen mit den Ringen und ich muss gestehen nun wurden mir die Knie weich und begann zu wackeln. Beim Anstecken der Ringe war mir Ina behilflich. „Unterschreiben sie bitte noch und die Trauzeugen und nun sind sie Mann und Frau!" Während ich vor Freude innerlich jubelte und am liebsten laut geschrieen hätte, weinten hinter uns fast alle Gäste, vor Rührung. Zum Unterschreiben hatten wir uns gesetzt und waren nun die Opfer aller, die eine Kamera hatten. Ein langer, leidenschaftlicher Kuss besiegelte unseren Bund. Sofort wurden wir mit Küssen, Glückwünschen und Geschenken überschüttet. Nun waren wir eine Familie, es änderte zwar nichts an unserem Verhältnis zueinander, doch wir hatten es mit diesem Augenblick besiegelt. Das Buch der Familie unter dem Arm sah ich Ina tief in ihre Augen, die tief und klar wie ein Bergsee waren. Auch über ihre zarten Wangen kullerten kleine Tränen, die ich ihr wegküsste. Dann nahm ich meine Frau in den Arm und drückte sie, wollte nie wieder loslassen. Ich war so voller Glücksgefühle, dass mich die Kontrolle verließ. „Das nächste Paar wartet schon!" Gut wir folgten unseren Gästen und trafen uns alle vor dem Rathaus. Es kamen immer neue Gäste hinzu, die Märzsonne hatte ihr schönstes Lächeln aufgelegt und verwöhnte uns mit ihren wärmenden Strahlen, als wolle sie uns gratulieren. Hunger! Die meisten Gäste hatten eine weite Anreise hinter sich und waren schon seit heute morgen da. Nun aber ab zum Mittag. Im Hotel „zur Post" war alles schon vorbereitet und wir speisten wie die Götter. Eine gelungene Feier. Den Nachmittag und Abend verbrachten wir dann wieder in unserer Wohnung, wir waren ja auf unsere Geschenke gespannt und Essen und Trinken hatten wir auch zu Hause. Wieder fuhren wir in Kolonne durch unsere Stadt und wieder hupten alle, die uns sahen. In der Wohnung angekommen, zerschlugen sich meine Bedenken. Ich hätte nie geglaubt, dass so viele Menschen, in eine so kleine Wohnung passen. Die Nachbarn und Vermieter hatten mit Stühlen ausgeholfen und wenn bei uns nicht alle untergekommen wären, stand das Angebot uns zuhelfen. Ich hatte mit so viel Nächstenliebe und Verständnis nicht gerechnet. War also angenehm überrascht. Die Hochzeitsgesellschaft hatte sich über die ganze Wohnung verteilt. Jung und Alt. Ost und West, alle fanden zusammen, aßen und tranken. Lobten den leckeren selbstgebackenen Kuchen, die Salate. Rezepte wurden ausgetauscht. Ina und ich öffneten Briefe und Geschenke. Keiner hatte uns vergessen, alle hatten an uns gedacht. Meine Schwester Beate hatte ein besonderes Geschenk. Sie überreichte uns einen Briefumschlag, innenliegend ein Ultraschallbild. „Ihr seit nicht nur Mann und Frau, sondern auch bald Onkel und Tante, wir bekommen einen Jungen!" Wir sahen uns an. „Wir freuen uns für Euch, doch wir sind noch nicht so weit." Ina hätte schon gern Kinder, genau wie ihre Mutter, doch wir mussten real bleiben, wer kann denn einen Rolli und einen Kinderwagen gleichzeitig schieben? Ich muss wieder fit werden und dann lassen wir der Natur ihren Lauf. Der Tag wich dem Abend und da er für alle anstrengend war, freuten wir uns auf die Hochzeitsnacht, nochmals die besten Wünsche und der schönste Tag in meinem Leben war beendet. Eine gute Flasche Sekt stand schon für uns kühl und wir gingen in unser Schlafzimmer. Aufgepeitscht von unseren Gefühlen und Müde von diesem schönen Tag, schliefen wir dann schmusend ein. Ich konnte keine Ruhe finden, immer wieder streichelte ich ihren schönen Körper und ihre Hand, die ja nun unseren Ring trug. Ich hatte so oft von diesem Tag und dieser Nacht geträumt, dass ich mein Glück noch gar nicht recht fassen konnte. Ich sprang mit Ina über Felder.

Surfte und tanzte in der Karibik. Kein Rolli. Keine Medikamente, keine Lähmung. Wenigstens in meinen Träumen war ich frei von körperlichen Beschwerden. Wie lange wird unsere Liebe halten? Viele haben uns gewarnt. „Solche Ehen halten nicht." Diese schwarze Gedankenwolke boxte ich ganz schnell aus meinem Kopf. Ina wird immer zu mir halten, ich bin doch ihr Reh! Der nächste Morgen kam viel zu schnell. Für unser erstes eheliche Frühstück ließen wir uns Zeit, wollten unsere Ehe nicht mit Stress beginnen. Also mussten wir das bisschen Zeit, dass wir hatten nutzen. An diesem Tag nutzten wir das schöne Wetter für einen Spaziergang durch unseren Ort. Am See fütterten wir die Enten und trafen auf unserem Weg nach Hause auf einige Nachbarn. Alle luden uns ein, oder sprachen mit uns am Gartenzaun. Es stellte sich heraus, dass fast alle schon ein ähnliches Schicksal in ihrer Familie hatten, sie großes Verständnis für uns hatten und uns ihre Hilfe anboten. Am Ende der Straße wohnte eine ganz junge Frau mit ihrem Mann, Kind und Hund. Bei ihr blieben wir etwas länger, als sie uns erzählte, dass auch sie schon im Rolli gesessen habe, doch ihre Krankheit werde nicht besser. Bei ihr werden die Beschwerden immer schlimmer, während ich die Chance auf Genesung hätte. Sie hatte MS und einen Lebensmut, der auf mich ansteckend wirkte. Wir unterhielten uns über ihren Zaun. Dann fasste ich den Entschluss, genau wie gestern, aus dem Rolli auf zustehen und einige Schritte zu laufen. Mit der Rechten konnte ich mich ja am Zaun halten. Ina kam sofort um mich zu halten, doch ich wollte es ihr, der ganzen Welt und mir beweisen, dass ich bereit bin zukämpfen und auch schon fleißig trainiert habe. Zitternd begleitete ich meine Frau ein paar Meter, natürlich war es für einen gesunde Mann nicht weit, für mich war es eine Leistung, auf die ich Stolz war. Freistehend wurde ich von meiner Frau umarmt und geküsst. Ein schöneres Dankeschön hätte ich mir nicht erträumen können. Unsere Nachbarin lud uns ein. Leider mussten wir an diesem Tag ablehnen, „wenn Du wieder mal zu Hause , oder entlassen bist, dann müsst ihr uns besuchen, ich finde es ganz toll, dass ihr so zusammenhaltet!" Später hörte ich dann von ihr, dass ihr unser Zusammentreffen Kraft für ihren Leidensweg gab. So halfen wir uns gegenseitig. Ich bewunderte diese bildhübsche Frau, die trotz ihrer Krankheit ein fast normales Leben führte. Auto fahren. Haushalt. Kind. Beruf. Alles meisterte sie. Wir waren wieder in unserer Wohnung angekommen und viel Zeit blieb uns nicht mehr, dann mussten wir auch schon wieder zurück in die Klinik. Diesmal viel mir die Trennung von meiner Ina noch schwerer. Ich war zwar der glücklichste Mann auf der Welt. Aber zusammen mit meinem Glück nagten auch viele Fragen an meinem Gewissen. Wie Geisterstimmen hörte ich die Worte der Zweifler, „das geht nicht gut, so eine hübsche, junge Frau, die hat doch noch Wünsche und Forderungen ans Leben und will nicht Tag und Nacht Pflegeperson sein." Wir würden kämpfen und für immer zusammen bleiben, gerade jetzt wo wir doch unsere Kräfte zusammen geworfen hatten und eine Familie waren. In der Klinik angekommen, Glückwünsche und Gratulationen. Die Namen hatten nun einen viel bedeutungsvolleren Klang. „Herr G. Ihre Ehefrau, kann Sie natürlich immer Anrufen oder Besuchen, zu jeder Zeit!" Schmunzelnd sagte die Oberschwester noch, „wenn Sie Mal ein Zimmer brauchen, kann ich Ihnen helfen, wenden Sie sich nur an mich." Ina hatte einige Tage frei. Ich nur das Wochenende. In unserer Wohngruppe hatten alle gesammelt und uns ein Geschenk gekauft. Die Mitarbeiter und Freunde aus der FT hatten auch ein Geschenk für uns gebastelt, deshalb durfte ich an manchen Objekten nicht mitarbeiten und deshalb diese weihnachtliche Heimlichkeit, da unten.. Ina und ich wollten für alle unsere Freunde ein schönes Essen bereiten und das taten wir dann auch. Dann war es soweit, es gab Thüringer Bratwürste und Kartoffelsalat. Keiner konnte sich mehr rühren, so gut schmeckte es allen. Diese Menschen waren trotz ihrer Krankheiten so glücklich und dankbar, dass es eine Freude war, sie zu beobachten. Je weniger der Mensch noch vom Leben hat, um so mehr kann er sich an Kleinigkeiten und am Glück der Anderen erfreuen. Tage später versetzte ich meiner Krankenschwester einen ungewollten Schreck. Sie war im Urlaub und den erster Tag an der Arbeit. Sie kam freudig in mein Zimmer und begrüßte mich mit den Worten, „na Herr G., besucht Sie Ihre nette Freundin heute wieder?" „Nein, ich habe keine Freundin mehr!" „Ja ich meine ja auch Ihre Verlobte!" „Ich habe auch keine Verlobte mehr." „Was haben Sie diese nette Frau etwa verlassen?" Noch ehe ich meinen Satz beenden konnte, sah sie mich mit bitterbösem Blick an. „Ich habe keine Verlobte mehr, weil wir geheiratet haben!" „Was?! „Ist das schön, ich freu mich für Euch und wünsche Euch alles Glück dieser Welt." Ihre Augen waren feucht, als sie mich in den Arm nahm und drückte. „Sie haben mir vielleicht einen Schrecken eingejagt, ich dachte schon..." Die Schwester war jene, die uns beim ersten Urlaub ins Auto half. Da Ina Kuchen backen wollte, lud ich sie gleich ein, dankend nahm sie an. In der folgenden Zeit tat sich sehr viel. So bekam ich einen neuen Rolli, der genau auf meine und Inas Größe angepasst wurde. Zusammen mit der Ergo wurde ein Wannenlifter und ein Skalamobil getestet, das ist ein Zusatzteil, mit dem man Treppenstufen hochfahren kann. Leider erwies sich das Teil für unsere Treppe als unbrauchbar. Gespräche mit den Sozialarbeitern wurden geführt, doch die besten Hinweise bekam ich aus der Nachbarschaft und von anderen Patienten. Da ging es um den Behindertenausweis, um den Parkausweis für Behinderte und um Steuervergünstigungen. Es waren tausend Dinge zu beantragen und beachten. So langsam glaubte ich an meine Entlassung. Doch mit der Freude kamen auch schon wieder diese Zweifel und Fragen auf. Werde ich zu Hause, wenn meine Frau an der Arbeit, oder Unterwegs ist alleine zurecht kommen? Im Krankenhaus ist ja alles behindertengerecht. Was ist, wenn ich auf Toilette muss? Das Sanitätshaus wollte sich zwar kümmern, doch täglich tauchten neue Fragen auf. Ein Problem nach dem nächsten galt es zulösen. Die Schuhe zum Beispiel. Ich trug immer noch meine alten Turnschuhe. Es waren die einzigen, die mir passten und in denen ich laufen konnte. Sie waren sehr unansehnlich geworden und nun hatte man mir auch noch eine Ortthese für den linken Fuß verordnet und damit passte der geschwollene Fuß nicht mehr in den Schuh. Ich benötigte dringend neue, größere Schuhe, ohne Schnürsenkel, denn diese zu öffnen, oder schließen stellte mich vor das nächste Problem Ina und ich nutzten also ihren nächsten Urlaub für den Besuch eines Schuhgeschäftes in Bad Wildungen. Es war schon abenteuerlich genug in dieser Stadt überhaupt mit dem Rolli unterwegs zu sein. In ein Geschäft zugelangen war unmöglich. Was macht meine liebe Frau? Parkt mich direkt vor dem Schuhladen , überredet die Verkäufer, ihr von verschiedenen Paaren den linken Schuh zur Anprobe zu überlassen. Ich war glaube der einzige Kunde, der seine Schuhe vor dem Laden anprobieren durfte. Das Wetter war genauso freundlich wie die Verkäufer. Alle hatten volles Verständnis für uns. Leider half uns das auch nicht, ich musste bei meinen alten bleiben. „Aber für Sie müsste es doch Spezialschuhe geben, oder die Kasse müsste die Anfertigung solcher Schuhe übernehmen!" Sagten sie noch zum Abschied. Nun hatten sie in uns einen neuen Gedanken und Hoffnung gepflanzt. Gleich an den folgenden Tagen versuchten wir mit der Kasse und den zuständigen Leuten zu reden. Erfolglos, wir kämpften gegen Windmühlen. Michael und eine Freunde, in der Klinik gaben mir Tipps und Adressen. Der Name Adimed viel und auf meine Anfrage bekam ich zur Antwort, ich müsse diese Schuhe selber bezahlen und in Erlangen abholen. So etwas gäbe es nicht auf Rezept. Erlangen war weit weg und die Schuhe über tausend Euro. Wir werden schon einen Weg finden. Bei mir schlich sich Gleichgültigkeit ein. Ich hatte genügend Probleme und es erschien mir wichtiger, mich um meine Frau und unsere Zukunft zu kümmern. Das war ein Teufelskreis, wollte ich gesund werden und ein normales Leben führen, musste ich trainieren und

Laufen lernen. Dies konnte ich nur in Schuhen, in denen ich richtigen Halt hatte und nicht immer drohte umzuknicken. Ina bemerkte meine Depressionen und stand mir mit Rat und Tat zur Seite. Vor allem ihre Liebe half mir. Sie hatte eine schwere Zeit. Die Arbeit. Den Haushalt. Die Besuche bei mir. Die Probleme, die meine Rückkehr machen würde. Natürlich die Wochenenden, an denen wir zusammen waren, waren schön und verführerisch. Aber wird der Alltag in all seiner Härte noch genauso schön bleiben? Jeder kämpfte an seiner Front. Ich hatte inzwischen gelernt mit einem Stock zulaufen. Nicht weit, nein aber ein paar Schritte in Begleitung traute ich mir schon zu. Leider gab es bei diesen Versuchen immer wieder Rückschläge. Ich hatte kein Gleichgewicht. Meine linke Seite ignorierte ich völlig, so musste ich mir einen Scheibenwischerblick angewöhnen. Das heißt, meine Augen wanderten ständig hin und her, manchmal sogar der ganze Kopf. Viele Dinge erschreckten mich. Wenn ich den ganzen Raum mit den Augen absuchte und er war links von mir, war er für mich unsichtbar. Lesen war unmöglich und wenn, dann nur die Bild, wegen der großen Buchstaben. Doch auch hier ergaben die Texte oft keinen Sinn, weil ich das erste Wort in der Zeile nicht gelesen hatte. An einem schönen, sonnigen Nachmittag saß ich mit meinen Freunden auf der Terrasse und bei Kaffee und Kuchen sahen wir dem bunten Treiben auf der Straße, dort trugen die Frauen und Mädchen schon kurze Röcke oder luftige Kleidchen, jedes Männerherz lachte bei dem Anblick. Eine besonders hübsche, junge Frau kam zu uns auf die Terrasse, „eine Zigarette und einen Kaffee, gebe ich noch aus und dann hab ich Feierabend." Warum ich die Zigarette nahm, weiß ich bis heute nicht. Zwölf Jahre, habe ich nicht mehr geraucht, bis auf eine Zigarre in der Dom Rep und nun rauchte ich mit den anderen gemeinsam. War es der Gruppenzwang, oder habe ich mir gesagt, als Nichtraucher hast du einen Schlaganfall bekommen, was hat mir das Nichtrauchen gebracht? Das Nicotin stieg mir sofort in den Kopf und wirkte stärker wie Alkohol. Leider blieb es nicht bei dieser einen Zigarette. Immer wenn sich die Gelegenheit bot, war ich dabei. Leider hatte ich damals nicht begriffen, in welche Abhängigkeit ich mich begeben hatte. Ina wusste davon natürlich nicht, sie hatte sich damals zusammen mit mir das Rauchen abgewöhnt und war ein großer Gegner des Tabaks. Mitten in der Woche ließ man mir mitteilen, dass wir beide zu meinem Sozialarbeiter kommen müssten. Als wir dann in seinem Büro waren, empfing er uns mit ernster Mine. „Setzen Sie sich bitte, "er bot Ina einen Stuhl an und fing an zu erzählen. „Es verhält sich so, die Krankenkasse macht zu, sie bezahlt den Aufenthalt für Ihren Mann hier im Krankenhaus nicht mehr." „Das heißt wir müssen Ihren Mann entlassen und es muss Rente für ihn beantragt werden." Ina und ich wir sahen uns an und wussten nicht, ob wir uns freuen, oder traurig sein sollten. Unser Gegenüber wand sich wie ein Aal. „Ich hab schon einen Arzt, KG und Ergo in Ihrer Stadt rausgesucht." Hatte er nun von uns Jubel erwartet? Nein, so sehr wir uns auch auf meine Entlassung gefreut hatten, so unerwartet kam es für uns in diesem Augenblick. Wir verabschiedeten uns, denn so richtig helfen konnte uns dieser Mann nicht. Ich wurde also entlassen und Ina brachte ihr Reh nach Hause, dort kümmerte sie sich jede freie Minute um mich. Sogar in der Mittagspause fuhr sie schnell zu mir, um mit mir auf Toilette zu gehen, oder etwas zu essen zu machen. Das war nicht noch enger miteinander verbunden. Sie wollte sicher sein, dass ich immer erreichbar bin und in Notfällen, Hilfe holen kann. Auf Anraten des Arztes hatten wir eine Telefonliste, mit den wichtigsten Nummern geschrieben und gut ersichtlich angebracht. Ganz oben auf der Liste stand natürlich Inas Nummer, erst dann folgten Eltern, Ärzte, Vermieter, Nachbarn. Wir waren trotz meiner Behinderung sehr glücklich. Die Familie, die wir gegründet hatten machte uns stark. Alle Probleme lösten wir. Leider kamen immer neue hinzu. Arbeitsamt. Krankenkasse. , BFA. Ich erhielt kein Krankengeld mehr, meine Zeit war abgelaufen, nun sollte ich eine Erwerbsunfähigkeitsrente bekommen. Dafür mussten alle meine eingezahlten Versicherungsbeiträge nachgewiesen werden. Am einfachsten war es für meine Zeit als DDR- Bürger. Dot waren alle Beiträge in meinem grünen Versicherungsbuch eingetragen. Es war traurig, wir mussten doch unsere Miete zahlen und Leben. Bis wir alles durch hatten stand uns nur Inas Verdienst und mein Pflegegeld zur Verfügung. Als wir die Wohnung damals mieteten verdienten wir beide ganz gut. Das ich mit vierzig ein Pflegefall werden würde, daran hatten wir doch nie gedacht! Die Probleme sollten nicht weniger werden. Mein Pflegestufe wurde von der Zwei auf die Eins zurückgestuft, einfach so. Was für mich nur noch halbes Pflegegeld bedeutete. Unseren Widerspruch wies man ab, drohte dafür mit dem Medizinischen Dienst. Der schickte einen Arzt. Welcher uns viel erzählte, aber nichts sagte, nur irgendwelche Parolen. Er wollte von uns jede Tätigkeit, bei der ich Hilfe benötigte, auf die Minute abgerechnet haben. „Sie müssen ein Pflegetagebuch führen und wenn Ihre Frau noch Zeit hat arbeiten zu gehen und überhaupt, wie kommen Sie denn die Treppen hoch, in die Wohnung?" Wir wussten nicht was wir antworten sollten, kamen uns vor, wie auf der Anklagebank. Dann setzte er allem die Krone auf, in dem er mich bat aufzustehen und ein Stück durch die Wohnung zugehen. Natürlich hätte ich aufstehen können und vielleicht auch ein paar Schritte mit meinem Stock, der verräterisch an der Wand lehnte , gehen können. Doch zu diesem Mann hatte ich kein Vertrauen. Dann schreibt der noch in seinen Bericht, dass ich keine Pflegestufe bekomme. Innerlich kochte ich vor Wut und wünschte ihm einen Schlaganfall an den Hals, damit er die Sache Mal von der anderen Seite betrachten kann. Es ging nicht und das machten wir ihm begreiflich. Ich konnte ja nicht einmal alleine schlafen, was wäre, wenn ich wieder einen Anfall bekommen würde, oder auf Toilette muss? Das Argument mit der Flasche widerlegte ich mit der Frage, ob er nur kleine Geschäfte machte. „Sie hören von uns!" Und weg war er. Ina und ich, wir sahen uns nur traurig an . Bei dem hatten wir kein gutes Gefühl und auf Menschlichkeit brauchten wir bei ihm nicht hoffen. Die Wohnung erwärmte sich, als der kalte Typ verschwunden war. Es hing doch aber soviel von seinem Urteil, für uns ab. Noch dazu, wo Inas Arbeitsplatz, in der Firma wackelte. Die werben mit dem Spruch „Ich bin doch nicht blöd". Entlassen aber eine gute Mitarbeiterin, weil sie sich um ihren kranken Mann sorgt.

Bei meiner Überprüfung durch das kalte Herz vom MD habe ich natürlich schlecht abgeschnitten. Man war der Meinung, ich brauchte nicht so viel Pflege, also nicht so viel Pflegegeld. In dieser Zeit halfen uns unsere Familien und Freunde mit Geld Verpflegung und Sachleistungen aus, um nicht unterzugehen. Inas, oder meine Eltern luden uns, an den Wochenenden zum Essen ein, oder besuchten uns und brachten reichlich Lebensmittel mit. Darüber freuten wir uns natürlich, wollten aber unsere Selbstständigkeit nicht aufgeben. Wenn wir dann abends alleine zusannen saßen, sahen wir uns die Fotos aus den alten Zeiten an, in denen wir unseren schönen Urlaube verbrachten. Da stand unser Entschluss fest. Wir kämpfen gegen Alle und Alles, was sich uns in den Weg stellt. Wir wollten eine ganz normale Familie sein, wo jeder sich an den Anderen anlehnt und ihm Kraft gibt. Ich kämpfte täglich um Selbstständigkeit und nutzte jede Möglichkeit um wieder mobil zu werden. Ina kämpfte um einen neuen Arbeitsplatz. Sogar einen dritten Beruf erlernte sie. Sie machte ihren Webdesigner mit IHK – Abschluss. Das durften wir natürlich auch selber finanzieren, was uns auch möglich war, denn wir hatten den Kampf gegen den M D gewonnen.

Der erste Anfall

Einige Wochen war ich schon zu Hause, Ina kochte gerade in der Küche eine Linsensuppe und ich fuhr mit meinem Rolli an der Küche vorbei ins Wohnzimmer. Ein unkontrollierbares Zittern durchschoss meinen Körper. Funkstille. Als ich die Augen aufmachte, lag ich auf dem Boden und ein Arzt gab mir eine Spritze. „Du machst ja Sachen, ich weiß ja, dass du keine Linsen magst, aber deshalb musst du doch nicht gleich umfallen!" Ina zitterte immer noch vor Sorge, mit ihrem Späßchen wollte sie uns nur beruhigen. In Wirklichkeit war ihr alles andere, als Lustig zumute. Der Arzt machte ein ernstes Gesicht und erklärte uns, das ich einen Epileptischen Anfall hatte und dringend zum Neurologen müsse. „haben Sie denn schon einen Hausarzt, ich bin Internist und würde sie auch gerne gründlichst untersuchen." Ja einen Hausarzt hatte ich, der war mir aber sehr sparsam, mit Rezepten und bei Hausbesuchen stellte er sich auch zickig an. Ina hatte diesen Arzt, der nun über mir stand, in ihrer Not gerufen, denn er war der Bereitschaftsarzt , kam auch gleich und half, nicht nur mit Taten, er hatte auch gleich praktisch Ratschläge für uns. Sofort war unser Vertrauen zu ihm geweckt. Er erzählte uns von einem Hausnotrufsystem, Notfallmedikamenten und vieles mehr. Im Krankenhaus hatte man uns über die Möglichkeit eines Anfalls gar nicht erst aufgeklärt. Mit Schrecken dachte ich daran, wenn mir das passiert, wenn ich alleine bin, oder gerade auf der Treppe, die ich nun mit Fremdhilfe steigen konnte? Seit diesem Tag hatten wir einen neuen Hausarzt, der sich um uns kümmerte. Medikamente, Hilfsmittel, Überweisungen, Tests, Blutuntersuchungen, um alles kümmerte er sich. Er gab uns auch die Nummer eines Neurologen und empfahl uns diesen schnell aufzusuchen. „Das mit den Anfällen kann mit dem richtigen Medikamenten verhindert werden und lassen Sie in jedem Fall ein EEG machen." „Morgen würde ich Sie dann gerne in meiner Praxis sehen, ich bereite dann schon mal so einiges vor." Ina und ich sahen uns nur an und stimmten zu. Mir war immer noch ganz mulmig im Kopf. Doch mit seiner Hilfe kam ich zurück in den Rolli. Beim Gehen sagt er noch „einen Gurt für den Rolli schreibe ich Ihnen dann auf, dass Sie nicht wieder aus dem Rolli fallen." Da ich immer noch nicht begriffen hatte, was eigentlich mit mir geschehen war, klärte Ina mich auf. Sie hörte nur ein poltern in der Stube und fand mich zitternd, am Boden liegend. Das muss ein schrecklicher Anblick für sie gewesen sein. Sofort rief sie den Notarzt und der kam dann ja auch und half. Am nächsten Tag, als wir uns dann bei diesem Arzt vorstellten. Es war ja nun unser neuer Hausarzt. Er war sofort auf unserer Seite und war empört, über die mangelnde Vorbereitung, mit der man mich aus der Reha entlassen hatte. Gestern war er noch bei mir zu Hause, auf Hausbesuch und heut hatte er schon meine Krankenakten vor sich liegen. Er hatte sich sehr gut vorbereitet. Eine Liste mit Punkten, die für uns wichtig waren, arbeiteten wir gemeinsam durch. Als Erstes hatte er schon einen Termin bei einem sehr guten Neurologen für uns reservieren lassen. Das war in Kassel nicht einfach, dort besteht ein Mangel an guten Neurologen. Dann ging es weiter auf seiner Liste. KG? Ergo? Medikamente? "Wie ich gestern schon sagte, benötigen sie einen Hausnotruf und einen Gurt für den Rollstuhl." Die Rezepte und die Firmenadressen hatte er auch gleich für uns. Mit den Medikamenten, welche ich bekommen hatte, war er auch nicht so recht einverstanden. „Da gibt es gleichwertige homopatische, die nicht so starke Nebenwirkungen haben, Sie nehmen ja schon genügend Medikamente." Seine Empörung war groß, dass man uns in der Klink nicht auf die Gefahren eines Krampfanfalles hingewiesen hatte. Ich musste in diesem Augenblick an meinen Zimmerkollegen Michael denken, dessen Anfall ich ja damals miterlebte und nun soll es mir genauso ergehen? Der Arzt, der unsere Angst mitfühlen konnte, beruhigte uns. „Wir statten Sie richtig aus, stellen Sie mit den richtigen Medikamenten ein und dann führen sie ein fast normales Leben." Wir vertrauten ihm und er enttäuschte uns nicht. Wir waren froh unseren alten Hausarzt gegen diesen getauscht zuhaben. Wieder zu Hause arbeiteten wir alle besprochenen Punkte telefonisch ab. Tage später erhielten wir Besuch vom ASB. Uns wurde eine Hausnotrufanlage, mit Funkfinger installiert. Nun hatte ich immer dieses Bonbon, wie wir es nannten, umhängen. Wenn wir mal wegfuhren, mussten wir uns abmelden, damit die Zentrale bescheid wusste. Natürlich haben wir das Abmelden auch schon mal vergessen, dann klingelt aber sofort mein Handy. Es war dann der ASB, oder jemand aus dem Haus. Ich hatte bis zu meinem Schlaganfall kein Handy, war sogar ein Gegner von den Dingern. Nun aber, wo ich auf Fremdhilfe angewiesen war, war es mir von Nutzen. Es war ein Geschenk von Marina. Sie wollte sicher sein, dass ich immer erreichbar bin und in Notfällen Hilfe holen kann. Auf Anraten des Arztes hatten wir eine Telefonliste, mit den Wichtigsten Nummern aufgeschrieben und übersichtlich im Flur angebracht. Ganz oben auf der Liste stand natürlich Inas Nummer, erst dann folgten Ärzte und Verwandte. Wir waren trotz meiner Behinderung sehr glücklich. Die Familie, die wir gegründet hatten, machte uns stark. Alle Probleme lösten wir. Leider kamen immer neue hinzu. Arbeitsamt. Krankenkasse, BfA. Ich erhielt kein Krankengeld mehr, meine Zeit war abgelaufen, nun sollte ich eine Erwerbsunfähigkeitsrente bekommen. Dafür mussten wir alle meine eingezahlten Versicherungsbeiträge zusammentragen. Am einfachsten war es für die DDR-Zeiten, dort war alles in meinem Sozialversicherungsbuch eingetragen. Es war traurig, wir mussten doch unsere Miete bezahlen und Leben. Bis wir alles durch hatten, stand uns nur mein Pflegegeld und Inas Verdienst zur Verfügung. Als wir die Wohnung damals mieteten verdienten wir beide ganz gut. Das ich mit Vierzig ein Pflegefall werden würde, daran hatten wir doch nie gedacht! Die Probleme sollten nicht weniger werden. Meine Pflegestufe wurde von der Zwei auf Eins zurückgestuft, einfach so. Was für mich nur noch halbes Pflegegeld bedeutete. Unseren Widerspruch wies man ab, drohte dafür mit dem Medizinischen Dienst. Der schickte einen Arzt. Welcher uns viel erzählte, aber nichts sagte, nur irgendwelche Parolen. Wollte von uns jede Tätigkeit, bei der ich Hilfe benötigte, auf die Minute abgerechnet haben. „Sie müssen ein Pflegetagebuch führen und wenn Ihre Frau noch Zeit hat arbeiten zugehen und wie kommen sie überhaupt in die Wohnung?" Wir wussten nicht, was wir antworten sollten, kamen uns vor wie auf der Anklagebank. Dann setzte er dem ganzen die Krone auf, in dem er mich bat aufzustehen und ein Stück durch die Wohnung zugehen. Natürlich hätte ich aufstehen können und vielleicht hätte ich auch ein paar Schritte mit meinen Stock, der verräteririsch an der Wand lehnte, gehen können. Doch zu diesem Mann hatte ich kein Vertrauen. Dann schreibt der noch in seinen Bericht, dass ich gar keine Pflegestufe bekomme. Innerlich kochte ich vor Wut und wünschte ihm einen Schlaganfall an den Hals, damit er die Sache Mal von der anderen Seite betrachten kann. Es ging nicht und das machten wir ihm begreiflich. Ich konnte ja nicht einmal alleine schlafen, was wäre, wenn ich wieder einen Anfall bekommen würde, oder ich auf Toilette muss? Das Argument mit der Flasche widerlegte ich mit der Frage ob er nur kleine Geschäfte mache. „Sie hören von uns!" und weg war er. Ina und ich, wir sahen uns nur traurig an. Bei dem hatten wir kein gutes Gefühl und auf Menschlichkeit zuhoffen. War sinnlos bei dem. Es hing doch aber so viel von seinem Urteil, für uns ab. Noch dazu, wo Inas Arbeitsplatz in der Firma, wackelte. Die werben zwar mit dem Spruch „ich bin doch nicht blöd" .Entlassen aber eine gute Mitarbeiterin, weil sie sich um ihren kranken Mann sorgt.

Bei meiner Überprüfung, durch den medizinischen Dienst habe ich natürlich schlecht abgeschnitten. Man war der Meinung, ich brauchte nicht so viel Pflege, also auch nicht so viel Geld. In dieser Zeit halfen uns unsere Familie mit Geld und Sachleistungen, um nicht unterzugehen. Inas, oder meine Eltern luden uns an den

Wochenenden zum Essen ein, oder besuchten uns und brachten reichlich Lebensmittel mit. Darüber freuten wir uns natürlich, wollten aber unsere Selbstständigkeit nicht aufgeben. Wenn wir dann abends alleine zusammen saßen, sahen wir uns die Fotos aus den Zeiten an, in denen wir unsere schönen Urlaube verbrachten. Da stand unser Entschluss fest. Wir kämpfen, gegen Alle und Alles, was sich uns in den Weg stellt. Wir werden eine ganz normale Familie sein, wo jeder sich an den anderen anlehnt und ihm Kraft gibt. Ich kämpfte täglich um Selbstständigkeit und nutzte jede Möglichkeit, um wieder mobil zu werden. Ina kämpfte um einen neuen Arbeitsplatz. Sogar einen dritten Beruf erlernte sie. Sie machte ihren Webdesigner mit IHK-abschluß. Das durften wir natürlich selber finanzieren, was uns nun auch möglich war, denn wir hatten den Kampf gegen den MD gewonnen. Nach unserem Widerspruch gegen das Urteil des MD, wurde uns ein Zweiter Gutachter geschickt. Diesmal war es eine Ärztin. Sie zeigte etwas mehr Verständnis, für unsere Situation und behandelte uns etwas wohlwollender. Ausschlaggebend dafür, dass ich meine Stufe Zwei wiederbekam war aber, dass ich den VdK eingeschaltet hatte und sich deren Anwälte, für mich einsetzten. Sie waren es auch, die diese Ärztin vom MD beauftragten. Nun schien die Sonne wieder für uns. In unserer Kasse sah es nicht mehr ganz so traurig aus. Ina hatte eine neue Arbeit in Aussicht und wir hatten beschlossen, uns mal einen Urlaub zu gönnen. Nichts großes, nur ein längeres Wochenende nach Büsum, an die Nordsee. Ein Urlaub, den wir dringend brauchten. Uns wurde zugesichert, dass die Ferienwohnung dort

Rollstuhlgerecht sei. Also Auto gepackt und los. Leider ist das Verreisen mit mir nicht so leicht, wie früher. Der Rolli nahm schon den halben Kofferraum in Anspruch. Flasche, Medikamente, Klamotten. Beladen bis unter das Dach fuhr Ina los. Ich versuchte zu helfen in dem ich ihr Navigator war. Aber selbst das viel mir schwer, die Karte mit einer Hand halten ging gerade noch so, aber zusammenfalten überforderte mich schon. So machten wir bei einer Rast einen Spickzettel, den ich nur noch ablesen braucht. Ich achtete auf die Schilder und Blitzen und Ina achtete auf den Verkehr. Wir waren so unendlich glücklich. Wir fuhren ja in unseren ersten Urlaub nach meinem Schlaganfall. Und das noch als Mann und Frau. Noch vor einigen Wochen hatte ich Schläuche überall in meinem Körper und war froh, wenn ich zum Fenster rausschauen konnte, um dort etwas Grün oder einen Vogel zusehen und nun werden wir bald am Meer sein. Ina liebte das Meer genauso wie ich. Ich musste verdammt aufpassen, denn je nördlicher wir kamen, so schneller wurde Ina. Sie fuhr gerne schnell und gut. Das Wetter war sonnig und warm, nur hatte mein alter Vectra keine Klimaanlage, also versuchten wir etwas Frischluft und Abkühlung durch geöffnete Fenster zu erlangen. Im Radio kündigte man schlechtes Wetter für die Küstergebiete an. Schön wenn wir uns schon mal einen kleinen Urlaub gönnen, dann können wir doch auch erwarten, dass im Juni die Sonne scheint. Ina fuhr unbeirrt weiter. Wir hatten keine andere Wahl, die Ferienwohnung hatten wir bestellt, unser letztes bisschen Geld zusammen gekratzt und den größten Teil der Strecke hatten wir auch schon zurückgelegt. Also warum kamen bei uns

Zweifel auf? Aber wir hatten es gemeinsam beschlossen und wir hatten es ja auch beide nötig. Wir ermutigten uns gegenseitig . Es wird alles Besser! Wir schauen gemeinsam nach Vorn! „Nach dem Urlaub beginnst du deine neue Arbeit und ich bekomme ja meine Rente und das Pflegegeld." Ina taten meine aufmunternden Worte gut und sie lächelte. Leider waren die paar erholsamen Tage viel zu schnell vorbei. Wir waren uns ja einig, dass wir ein ganz normales Leben führen wollen, soweit es uns möglich ist und dazu gehört nun auch ein Urlaub, genauso wie das Konzert von Westernhagen, welches wir am 23, Mai 1999 besuchten.

Das Konzert

Marina hatte mir, da sie wusste, was ich für ein großer Fan von Westernhagen bin, zwei Karten für sein Konzert, zu Weihnachten geschenkt. Weihnachten 1998 Konnten wir noch gar nicht wissen, wann ich entlassen und in welcher Verfassung ich im Mai, sein würde. Damit zeigte mir Ina wieder, wie sehr sie an mich glaubte und mir vertraute. Ich hatte mich natürlich damals sehr über die Karten gefreut. Weihnachten 89, ich konnte nicht wissen, dass ich mit Marina als meine Frau, Westernhagen live in Hannover sehen und erleben darf. Sehr früh standen wir an diesem Samstagmorgen auf. Mein Schwiegervater Karl Heinz, hatte sich bereit erklärt, mit uns zufahren, damit Marina die ganze Strecke nicht alleine hin und zurück fahren muss. Mit Übernachtung, war es bei mir etwas schwierig, deshalb wollten wir nach dem Konzert gleich zurück nach Lohfelden. Karl-Heinz war recht früh da. Noch ein gemeinsames Frühstück und wir fuhren los. Die beiden wechselten sich mit Fahren ab und wir waren pünktlich, vor Konzertbeginn am Stadion, in Hannover. Die Ersten waren wir nicht, doch als ich meinen blauen Behinderten Parkausweis vorzeigte, wies man uns sofort einen Platz nicht weit vom Einlass zu. Ein Ordner half Ina beim Rolliaufbau und mir dann beim Umsetzen. Schwiegervater verabschiedete sich von uns, es war nicht seine Musikrichtung, er wollte lieber für die Zeit, die wir beim Konzert waren, eine Stadtbesichtigung machen. „Wenn der fertig, ist bin ich wieder am Auto" „Alles klar, viel

Spaß". Der Ordner, der uns eben half, war ein Helfer vom D R K und schob mich mit meinem Rolli auf einem extra angelegten Holzweg über eine Rampe zur Rollitribüne. Als ich die Karten zeigen wollte, erklärte er uns, dass wir nur eine Karte benötigen. Die Begleitperson hat freien Eintritt. Toll, da hätten wir ja bestimmt noch jemanden eine Freude mit der Karte machen können. Aber nun war es zu spät. Wir hatten schon einen Platz und nun noch Mal raus, wäre Quatsch. Ina wollte mich auch nicht alleine lassen. Immer war sie besorgt um ihr Reh. Wir saßen hier direkt gegenüber der Hauptbühne und dem Großbildschirm. Als Marius dann auf die Bühne trat und mit seinem Lied „steh auf" begann, standen alle im Stadion auf und jubelten ihm zu, auch ich wollte es mir nicht nehmen lassen und stand auf, ich glaubte, er hätte es bemerkt und spürte was seine Texte für die Menschen bedeuten, denn als die Kamera mich einfing, und ich vor meinem Rolli stehend, mit Ina im Arm tanzte, hielt ich kurz inne. Meine Probleme waren mein Gleichgewicht und die Schuhe. Meine KG empfahl mir Hippotherapie. Auch zu den Schuhen konnte sie mir einen Rat geben. Zwei Straßen von uns entfernt hatte ein Orthopädieschuhmachermeister sein Geschäft und dort sollten wir es doch versuchen. Ina sprach mit dem Mann und nach einigen Telefonaten machte er bei mir einen Hausbesuch. Er war bestens vorbereitet, hatte Messgeräte und Kataloge dabei, machte uns Mut. „Das bekommen wir hin, ich werde genau für Sie ein Paar Schuhe anfertigen, dann benötigen Sie keine Schiene mehr und ich baue die Schuhe mit einem Verschluss, dass Sie die mit der rechten Hand öffnen und schließen können." Herr

Arnold wollte sich um alles kümmern. Doch leider warfen uns die Bürokraten wieder Steine in den Weg. So schaltete sich das H K Z (Hilfsmittelkompetenzzentrum) ein und lehnte meine Schuhe ab. Nun stand ich mit meinen alten Turnschuhen und meinen geschwollenen Füßen wieder da. Die Kasse schlug mir wieder einen Arzt vom Medizinischen Dienst vor, der würde mich untersuchen und einen Bericht über die Notwendigkeit meiner Schuhe schreiben. Telefonisch hatten wir einen Termin bei diesem Arzt ausgemacht und waren nach langer Wartezeit endlich an der Reihe. Arrogant saß er hinter seinem Schreibtisch und versteckte sich hinter seinen Aktenordnern und Paragrafen. Geradeso quälte er sich eine Begrüßung heraus und bot Ina einen Stuhl an. Er achtete darauf, dass sich seine Freundlichkeit in Grenzen hielt und so sollte auch das Ergebnis aussehen. Meinen Fuß hat er sich nicht einmal angesehen, dafür fragte er uns aber aus. Welches Einkommen, wie hoch Rente und Pflegegeld waren und kam dann zu dem Schluss, dass wir so viel Geld hätten, wir könnten die Schuhe selber bezahlen. Während er sich locker zurücklegte, wäre ich ihm am liebsten an den Hals gesprungen. Allein mir fehlte die Kraft und Ina weinte bitterlich. Sie hatte für diesen Besuch extra einen Tag Urlaub geopfert und nun platzten alle unsere Hoffnungen auf ein paar Schuhe. Es sind doch nur Schuhe. Aber wenn ich sie alleine an und ausziehen und damit besser laufen kann, dann wäre es für mich wie ein Lottogewinn. Ich zitterte am ganzen Körper und bat Ina. „Bitte fahr mich hier weg, bevor etwas passiert." So schnell wir konnten, verließen wir den Raum und das

Gebäude. Eigentlich hätte Marina noch gar nicht fahren dürfen, so zitterte sie, aber wir wollten von diesem verdammten Ort weg. Noch auf dem Weg nach Hause rief ich Herrn Arnold an. „Wann sind Sie etwa zu Hause?" Fragte er mich, „Da komme ich gleich zu Ihnen!" Wir trafen gleichzeitig vor unserer Wohnung ein und er bemerkte sofort, wie übel man uns mitgespielt hatte. „Damit habe ich Erfahrung, wir haben schon viel schwierigere Probleme gelöst und ich kenne mich aus, glauben Sie mir." Er holte seine Unterlagen hervor, bat Ina meine Füße frei zu machen und half mir beim Aufstehen. Mein linker Fuß war auf das Doppelte angeschwollen. Herr Arnold hatte Maßbänder zum Vergleich angebracht und fotografierte die Sache von allen Seiten. „Der Medizinische Dienst und das H K Z bekommen noch heute eine E-Mail und die Fotos von mir!" Ina und ich, wir sahen uns an und spürten, dass wir ihm vertrauen können. So langsam hatten auch wir wieder Mut zu kämpfen. Werden uns doch nicht von irgendwelchen Bürokraten fertig machen lassen. Nein! In den folgenden Tagen überstürzten sich die Ereignisse. Anrufe, Briefe, Ich fing an, eine Mappe anzulegen, um noch Übersicht behalten zu können. Nach zwei Wochen dann hatte sich das Blatt für uns gewendet. Die Kasse bewilligte die Schuhe und noch am gleichen Abend kam Herr Arnold mit seinen Messwerkzeugen und einem Katalog. Stolz auf unseren Erfolg suchten wir uns gemeinsam ein schönes Paar Schuhe aus, dem man nicht ansah, dass es Orthopädische Schuhe sind und das dort eine Schiene eingebaut war. Die ganze Aufregung umsonst, hatten wir es nicht schon schwer genug? Müssen dann noch solche

Beamten das Leben erschweren? Ein Pflichtjahr im Rollstuhl, zum besseren Verständnis, müssten diese Leute verbringen. Unsere kleine Welt war erst Mal wieder geordnet, nun brauchten wir nur noch warten. Da kam Ina eines Abends von der Arbeit und weckte mich. „was ist denn mit Dir passiert, was machst Du auf dem Boden?" „ Warum weckst Du mich ?" Das ich auf dem Boden lag hatte ich bis dahin nicht gemerkt. „Hattest du wieder einen Anfall?" Ich hatte einen Filmriss und wusste nichts mehr, auch nicht, warum ich auf dem Boden lag. Den Gurt hatte ich geöffnet, weil ich auf Toilette war und hatte ihn dann nicht wieder geschossen. Doch von einem Krampfanfall und dem Sturz hatte ich nichts mitbekommen. „Das geht nicht so weiter, ich kann ja nicht in Ruhe arbeiten, wenn ich damit rechnen muss, dass Du jeden Augenblick umfällst und irgendwo in der Wohnung rumliegst." Der Notruf kam gar nicht zum Einsatz, heut weiß ich von anderen Meldemöglichkeiten, die Alarm, bei Lageveränderung, geben. Sogar Hunde gibt es, die spüren, wenn ihr Partner einen Anfall bekommt. Das sind alles Dinge, die mir damals keiner sagen konnte. Wir brauchten aber sofort Hilfe, denn Ina war fertig mit den Nerven. Damals lebten wir noch auf der hellen Seite, damals liebten wir uns noch beide. Ihre Liebe und ihre Sorge ließ sie also so lange nicht in Ruhe arbeiten, bis sie mich in sicherer Obhut wusste. Wir sprachen viele Varianten durch. Der ASB, der uns den Hausnotruf installiert hatte, war ortsansässig und bot uns gegen einen erschwinglichen Stundensatz an, Zivilbeschäftigte stundenweise für mich bereitzustellen. Diese jungen Männer kamen auf Mittag für zwei Stunden zu mir und wir beschäftigten uns, so war ich wenigstens nicht die ganze Zeit, die Ina arbeiten musste allein. Ina war beruhigter und ich hatte etwas Abwechselung. So wurde ich auch ASB Mitglied, weil ich gut fand, dass diese Menschen einen anderen Dienst, als den mit der Waffe gewählt hatten. Ich hatte damals, zu DDR-Zeiten, nicht die Wahl. Das ist lange her und nicht mehr wichtig. Ich hatte ein strammes Wochenprogramm. Zweimal Ergo, zweimal KG einmal in der Woche zur Schwimmtherapie mit Lymphdrainage, oder Massage und als ich dann später in unserem Wochenblättchen, Noch von einer Hippotheraphie las, konnte ich Ina überzeugen, sich das wenigstens mit mir anzusehen. Marina war also mit ihren Aufgaben, Beruf, Haushalt, Pflege, Einkauf und ähnlichem voll ausgelastet. So ich wollte ihr zwar helfen, so weit es in meiner Macht stand, allein viel ausrichten konnte ich nicht. Meine Bemühungen lagen darin ihr keine Sorgen zu bereiten und ihr von meinen Trainingserfolgen zu berichten. Der ASB war uns in soweit eine Hilfe, als das Ina sich auf ihre Aufgaben konzentrieren konnte, ohne um mich Angst haben zumüssen. Ich hatte Unterhaltung und es war jemand bei mir, der mit mir gemeinsam meine Übungen durchführen und beaufsichtigen konnte. Manchmal spielten wir auch nur eine Partie Schach, oder Computerspiele. Nein es ist nicht so, dass ich diese jungen Männer nur beschäftigte. Die Spiele trainierten meinen Gesichtsfeldausfall, jeder Stein den ich übersah, wurde durch seinen Verlust betraf und meine Konzentration nahm auch wieder zu. Die ASB-Mitarbeiter wechselten ständig und so lernte ich auch ständig neue Menschen kennen. Alle fragten nach meiner Geschichte und wie ich zu dem Schlaganfall gekommen sei. Dies verwunderte mich nicht, denn wie ich hörte, war ich ihr jüngster Patient. „Warum schreiben Sie denn kein Buch über Ihre Erlebnisse?" Damals hatte ich keinen Grund, erkannte aber, dass sich sogar junge Menschen mit solchen Schicksalen identifizieren und Fragen stellen, die eine Antwort verdienen. Zwei meiner Zivis waren aufgrund meiner Erzählungen zum Arzt gegangen und hatten ihren Blutdruck kontrollieren lassen. Sie bedankten sich bei mir, denn ohne mein abschreckendes Beispiel, wären sie nie auf die Idee gekommen, wie sie mir sagten. Durch meine regelmäßigen Arztbesuch und Blutkontrollen, konnten meine Medikamente so eingestellt werden, dass ich nur noch ganz selten epileptische Anfälle bekam. Unser Leben hatte sich fast normalisiert, ich hatte zwar immer noch kleine Probleme mit meinem Gleichgewicht und meiner linken Seite überhaupt. Doch um diese Mängel zu beseitigen wurde uns die Schwimmtherapie und die Hippotherapie empfohlen.

Bewegungsbad:

Unser Rezept hatten wir, doch einen Termin in der Hessen-Therme für ein Bewegungsbad zubekommen, war nicht einfach. Das war meine Aufgabe. Tagsüber wenn Marina unterwegs war, telefonierte ich mit meinen Therapeuten, um Termine zumachen. An einem Freitag, bekam ich einen Termin, an dem ich mich vorstellen konnte. Freitag war für uns günstig, da hatte Ina früher Feierabend. Es war soweit, endlich war Freitag. Wir hatten eine Badetasche gepackt und es war alles vorbereitet. Ina hatte keine rechte Lust. Ich konnte es ihr nicht verdenken. Sie hätte ja eigentlich Wochenende. Doch ich konnte sie dann doch überzeugen, denn wo ich noch fit war, sind wir oft in die Hessenterme gegangen und haben es uns dort richtig gut gehen lassen. Die Sauna und das Solarium, was Ina natürlich auch benutzen durfte, waren dann doch Argumente, mit denen ich sie überzeugen konnte. Das größte Problem an dieser Terme waren immer die Parkplätze. „Du hast ja mich dabei und den Rolli, also dürfen wir uns auch auf den Behindertenparkplatz direkt neben den Eingang stellen." Die Polizei war gerade bei ihrer Kontrolle, da holte ich meinen Behindertenparkausweis hervor und wir hatten einen idealen Parkplatz. Genügend Platz, damit der Rolli zum Umsetzen noch neben das Auto passt.

Viele wissen es nicht, aber Behindertenparkplätze sind breiter und dort angelegt, wo der Bordstein abgesenkt und es nicht weit zum Eingang ist. Wir waren nun endlich drin. Dort musste ich mein Rezept vorlegen, bekam, dann gegen Unterschrift meine Karten und wir reihten uns in die Schlange der Wartenden ein. Später, als man uns dort schon kannte, durften wir vor, doch heute war es ja das Erstemal. Vor der Garderobe standen wasserfeste Rollstühle wir tauschten meinen gegen einen vom Haus und Ina schob mich in die Garderobe. Nach dem Duschen meldeten wir uns am Beckenrand, bei meinem Therapeuten. Auch hier hatte man wie in Wildungen verschiedene Möglichkeiten ins Wasser zugelangen. Je nach schwere der Behinderung. Lift, Treppe oder Umsetzen vom Rand ins Wasser. Heute hatte ich das Recht des Faulen und wurde mit dem Lift ins Wasser gelassen. Ina blieb immer an meiner Seite. Mein Therapeut stellte sich uns beiden vor und dann ging es rund. Es war ein Austesten meiner Schmerz und Leistungsgrenze. Ina konnte sich amüsieren gehen, sie wusste mich hier in guten Händen. „Wann soll ich meinen Mann wieder abholen?" „In einer knappen Stunde" Ina tänzelte freudig nach draußen, dort hatte der Lautsprecher zur Wassererbobig gerufen. Darauf freute sie sich schon lange, wir hatten darüber gesprochen, als wir das Plakat am Eingang sahen. Mein Therapeut war sehr bemüht meine verkürzten Muskeln wieder in Gang zu bringen. Bis zur Schmerzgrenze und etwas darüber, bewegte er meinen linken Arm. In dieser Stellung hatte ich ihn die letzten Jahre nicht mehr und nun so was. Wollte der mich gleich am ersten Tag vergraulen? Dann wieder lockere Übungen und eine Massage durch seine kräftigen Hände. Ich staunte beim Zweiten und Dritten Versuch war der Schmerz schon nicht mehr so groß. Ich glaube der Mann weiß genau, was er mit mir macht. „So nun wollen wir

Mal sehen, wie Sie die Treppe aus dem Wasser bewältigen, denn für heute ist Schluss." Als ich das Geländer erreicht hatte, kam mir eine wunderschöne Frau in einen mir bekannten, schicken Bikini entgegen. Ich wollte mich gerade entschuldigen, dass ich sie fast umgerannt habe, da erkannte ich Marina, die sich von meinem Therapeuten verabschieden wollte. Oh man war mir das peinlich , die eigene Frau nicht erkannt. „Ich bin schon eine Weile da und beobachte euch, hier wirst Du aber ordentlich hergenommen." Noch einen kleinen Besuch in der Sauna und dann war unsere Zeit auch schon abgelaufen. Für den ersten Besuch ganz ordentlich, auch Ina hatte dieser Besuch Freude gemacht. Sie konnte sich auch ein wenig Entspannung gönnen und die hatte sie bekommen. Es war ein Anfang und später sollten noch viele Besuche folgen, teilweise sogar mit anschließender Ganzkörpermassage, oder Elektrotherapie. Ich bewunderte Ina für ihre Kraft und Liebe, die sie für mich aufbrachte. Leider konnte ich ihr nicht immer genügend Kraft zurückgeben. So versuchte ich ihr Leben, durch kleine Geschenke zu erleichtern. Mal spedierte ich ihr eine Massage in der Therme. Mal gingen wir, nach dem Schwimmen fein zum Chinamann und Speisten fein, denn Ina wurde immer schlanker. Sie kümmerte sich am Morgen erst um mich und wenn sie von der Arbeit kam, war ich wieder ihr Mittelpunkt. Richtig geregelte Malzeiten hatte sie eigentlich nur an den Wochenenden. Da kochte sie besonders gern und gut. Wir hatten durch meinen straffen Trainingsplan unsere Persönlichkeitsentwicklung vernachlässigt. Ich verließ mich auf meine Frau, die mich pflegt und behütete und spürte nicht, wie ich in eine Abhängigkeit geriet, die mich in meiner Selbstständigkeit hemmte. Ina umsorgte und pflegte mich wie eine Mutter, oder Kindergärtnerin. Diesen Beruf hatte sie gelernt und auch zu Friedenszeiten ausgeübt. Nur, dass ich nicht ihr Sohn und auch nicht in ihrer Gruppe war, hatte sie vergessen. Liebe und Führsorge, Pflege und Verantwortung gingen nahtlos ineinander über. Wir lebten. Vielleicht hätten wir mehr über uns reden sollen. Doch der Alltag mit all seinen Problemen forderte unsere ganze Kraft. Jeder meinte es gut mit dem Partner. Viele gemeinsame Schlachten hatten wir geschlagen und gewonnen. Ina war noch an der Arbeit und ich bekam einen Anruf. Es war Herr Arnold, meine Schuhe waren fertig und er fragte, ob er sie gleich bringen könnte. Am liebsten hätte ich geschrieen vor Freude, doch aus Rücksicht auf seine Ohren, kam nur ein freudiges „ja bitte" über meine Lippen. Zwanzig Minuten später hatte ich meine neuen Schuhe, die ich mir ganz alleine angezogen hatte, an. Es gab keinerlei weiteren Probleme, im Gegenteil ich konnte mir noch ein zweites Paar für zu Hause, aus seinem Katalog aussuchen. Die ersten Schritte in den neuen Schuhen waren ein schönes Gefühl. Fast hätte ich vergessen meinen Stock zu nehmen und wollte eigentlich tanzen vor Glück. Keine Schiene mehr. Keine dicken Füße. Kein „kannst Du mir mal bitte die Schuhe aus- oder anziehen?" Erst wollte ich Ina ja gleich anrufen, um ihr von unserem Sieg zu berichten. Doch dann fand ich die Idee sie Laufend zu begrüßen besser. Mit meinen neuen Schuhen, die noch dazu toll aussahen lief ich von Einem Zimmer ins Andere. Durch die ganze Wohnung. Gut groß war unsere

Wohnung nicht, aber mit meinen alten Turnschuhen wäre mir das nicht möglich gewesen. Als Ina nach Hause kam, erwartete ich sie stehend am Küchenfenster und ging dann zur Tür. Ich öffnete ihr, als sie den Schlüssel gerade ins Schloss stecken wollte. „Hast Du mir einen Schrecken eingejagt, wenn Du nun die Treppe runtergefallen wärst". „Komm doch bitte erst mal rein, ich habe eine Überraschung!" Worte waren nicht nötig, sie hatte sofort meine neuen Schuhe bemerkt. Wir gingen gemeinsam in die Stube, ich nahm sie in meinen Arm und es gab ein kleines Freudentänzchen. Wir waren so glücklich, wieder hatten wir einen Schritt geschafft. Während sie die Einkäufe verstaute, zog ich meine Schuhe aus, um sie dann vor ihren Augen selber und alleine wieder anzuziehen. Wir erzählten uns abends immer, was wir den Tag über erlebt hatten. Die Woche war bei uns straff durchorganisiert. Ein Termin folgte auf dem Nächsten. Trotz unseren engen Zeitplanes, hielten wir uns das Wochenende immer für gemeinsame Unternehmungen frei. Im Sommer besuchten wir die Fuldaauen, oder wir fuhren nach Korbach an die Stöckellache. Ein Badesee, der Mal ein Tagebau war und inmitten freier Natur liegt. Als wir das Erstemal dorthin fuhren, wären wir fast vorbeigefahren, nur eine riesige Wasserfonthähne, die ich von der Autobahn aus erkennen konnte, ließ uns den See dann finden. Wegen des schönen Wetters herrschte Hochbetrieb. Alle Parkplätze, auch die für Behinderte, waren belegt. Wir stellten uns also ganz am Ende des Parkplatzes hin, Ina parkte und half mir beim Umsetzen. Mit mir im Rolli, Badetasche und Decke bepackt fuhren wir über Stock und Stein den holprigen Feldweg zum

Eingang, wo das Kassenhäuschen stand. Ein unfreundlicher Zeitgenosse begrüßte uns und verkaufte uns die Eintrittskarten. Kaum das wir diese in der Hand hielten, ermahnte er uns zur Eile. Wir sollten doch nicht mit unserem Rollstuhl den Weg versperren. Das die arme Ina schon eine ganze Strecke mit mir über den Parkplatz zurückgelegt hatte und nun meine Vorderräder im Kies des Weges steckten, bemerkte er nicht. Wenn der Kerl sich gekümmert hätte, dass nur Behinderte auf den für sie reservierten Parkplätzen gestanden hätten, dann wären wir längst im Wasser. Ohne ein Widerwort fuhren wir weiter auf eine der Bänke zu, die um den See herum standen. Leider waren alle Bänke belegt. Also wollten wir uns ein schönes Plätzchen auf der Wiese suchen. Dazu kam es erst gar nicht. Einer der Bademeister kam auf uns zugelaufen. Haben wir schon wieder etwas falsch gemacht? Völlig verunsichert hätten wir fast ein schlechtes Gewissen bekommen. Doch dieser junge Bademeister stellte sich uns sehr freundlich vor, begrüßte uns und bot uns sofort und zu jeder Zeit seine und die Hilfe seiner Kollegen an. Es blieb nicht nur bei Worten, er nahm meinen Rolli und unser Gepäck und fuhr uns ein ganzes Stück weiter auf eine Wiese unterhalb seines Rettungsgebäudes. Dort breitete er unsere Decke aus und fragt, ob ich mich nicht auch auf die Decke zu meiner Frau legen wolle. „Ja gerne, aber ich weiß nicht wie und wenn ich liege, komme ich nicht mehr hoch in den Rolli" lächelnd erklärte er mir, dass hier noch keiner liegen geblieben ist und außerdem er wäre ständig in unserer Nähe. Er half mir beim Umsetzen und Hinlegen und dann verschwand er. „Möchten Sie auch Kaffee?" „Ja, gern". Nach wenigen Minuten kam er mit drei Tassen Kaffee zurück und setzte sich zu uns „seit Ihr das Erstemal hier?" „Ja ich bin der Volker und ich die Ina." „Schön, ich bin der Andreas" wir unterhielten uns noch eine kleine Weile zu unserem Kaffee und stellten dabei fest, dass auch er aus Thüringen stammt und hier schon einige Jahre lebt und arbeitet. Die Sache mit dem DU war also voll in Ordnung. Ich musste meine Geschichte erzählen, wie ich nach Hessen und in den Rollstuhl gekommen war, wie wir auf diesen See aufmerksam wurden. Ich erzählte ihm von meinem italienischen Freund, der hier ja Mal seine Pizzeria hatte. Den Mann kannte unser neuer Freund auch. Ich hatte mich zwischenzeitlich umgesehen, aber außer mir nur noch zwei Rollifahrer entdeckt und so fragte ich erst mich und dann Andreas, warum bei drei Rollifahrern alle fünf Behindertenparkplätze belegt waren. „Das kläre ich sofort!" Trank seinen Kaffee aus ging in sein Büro und kam mit seiner Dienstmappe wieder zu uns. „Wo steht euer Auto denn nun?" „Ganz am Ende vom Parkplatz!" „Bevor Ihr geht, könnt ihr ihn aufs Gelände holen, ich öffne euch das Tor und ihr könnt den Wagen neben meinen stellen." Er sagte es und zeigte auf den weißen Benz, der neben dem Wachgebäude stand. Dann verließ er uns, ging zum Kassenhäuschen. Er kam nachdem er sich auf dem Parkplatz die Kennzeichen der Fahrzeuge auf den Behindertenparkplätzen notiert hatte, zurück. Er war ständig unterwegs vom Ufer zu seinem Turm und zu uns. Seine beiden Kollegen unterstützten ihn bei seiner Arbeit. Ina hatte sich nach einer kleinen Weile dann doch entschlossen, ins Wasser zu gehen. Erst wollte sie mich nicht alleine zurücklassen, doch nun wusste sie mich in guten Händen und konnte sich im Wasser erholen. Nass und kalt wie ein Frosch kam sie auf mich zu. Ich winselte um Gnade. Doch das half mir nichts, wie eine kalte Schneelawine kam sie über meinen Körper. Eigentlich mochte ich es ja sehr, wenn sie mich mit ihrem schönen Körper bedeckte, doch heut war der Temperaturunterschied zu groß. „Willst Du nicht auch mit ins Wasser?" „Nein selbst wenn ich könnte, ich vertrage diese Kälte nicht." Seit meinem Schlaganfall hatte ich auf der betroffenen Seite ein völlig gestörtes Temperatempfinden. Na gut meinen guten Willen wollte ich zeigen und ich wollte ja ein ganz normales Leben führen, so wie alle anderen Menschen auch. Mit ihrem unwiderstehlichem Scharm hatte sie Andreas schnell überzeugt. Sofort war er bereit mir bei meinem ersten Badeversuch in diesem See zu helfen. Schon nach den ersten vorsichtigen Schritten bereute ich meinen Mut. Nicht nur die Wassertemperatur bereitete mir Probleme. Ich konnte ohne Schuhe nicht laufen und knickte, im Kies um. Meine neuen Schuhe konnte ich aber unmöglich im Wasser anbehalten. Dafür waren sie zu teuer und der Kampf dafür zu hart. Das Wasser reichte mir nun schon bis zum Bauchnabel, nun wollte ich auch ein paar Schwimmzüge machen. Ina an meinem linken Arm, meinen Stock noch in der Rechten und Andreas sicherte mich von hinten. So kämpften wir uns Schritt für Schritt ins Wasser. Mein Körper spielte verrückt, während meine rechte Seite das Wasser als angenehm empfand, fror meine Linke, als sei sie tiefgefroren. Dazu kam noch ein Klonus, ich wusste nicht ob ich vor Kälte , oder vor Anstrengung zitterte. Endlich war es tief genug. Ich schwamm neben meiner Frau ein paar Meter. Leider nur rückwärts und im Kreis, denn bei mir funktionierte ja nur die rechte Seite. Anders bin ich auch seit meinem Schlaganfall nie geschwommen. Dann nichts wie raus. Meinen guten Willen hatte ich gezeigt und wurde von Ina mit einem Kuss und vom Andreas mit einem Lob belohnt. Total erschöpft und müde erreichte ich zitternd meinen Platz. Andreas versorgte uns noch mit heißem Kaffee und gab uns ein Schriftstück, dass uns berechtigte, dieses Gelände mit unserem PKW zu befahren. Wir bedankten uns und freuten uns auch Mal auf einen verständnisvollen und freundliche Menschen getroffen zu sein. An diesem Tag ließen wir es bei diesem einem Badeversuch. Ich jedenfalls, Ina war ja kaum aus dem Wasser zu bekommen. Ich gönnte ihr, ihr Vergnügen und freute mich, wenn sie glücklich, lustig und ausgelassen wie ein Kind war. Denn keiner konnte besser wie ich beurteilen, was diese Frau täglich leistet. Trotz unserer großen Liebe zogen die Schatten des Alltags über unser Leben. Wir kämpften täglich wie die Tiere, um Inas Arbeitsplatz und meine Genesung. In der wenigen Freizeit, die uns blieb, versuchten wir viel wegzufahren und besuchten Freunde und Verwandte, Ausstellungen oder Flohmärkte. Auch wenn mir diese Ausflüge viel Spaß machten, hatte ich immer ein schlechtes Gewissen Ina gegenüber, immer lag die ganze Last und Verantwortung auf ihren Schultern. Gern hätte ich das Gleiche für sie getan. Aber außer meiner Liebe und meinem Dank, konnte ich ihr nicht viel bieten. Das Unglück klebte wie Pech an uns. Zu meinem Handicap, kam auch noch eine Schlafapnoe hinzu. Diese Atemaussetzer hatte man schon in der Klinik bei mir festgestellt und mir den Besuch eines Schlaflabors angeraten. Einen Termin habe ich auch sofort bekommen und das Ergebnis war erschreckend. Nach drei Nächten überwachtem Schlaf. Dabei war ich total verkabelt und wurde mit Mikrofon und Kamera überwacht. Das Ergebnis waren Atemaussetzer von längerer Dauer und man verpasste mir eine Atemmaske mit einem Luftversorgungsgerät. Das muss ich nun immer tragen, wenn ich schlafen will. Von dem unangenehmem Gefühl das man wie ein Pilot mit Maske ins Bett gehen muss, Mal abgesehen, macht es Zärtlichkeiten oder Bewegungen im Bett fast unmöglich. Nun stand nicht nur meine Lähmung, sonder auch diese Maske und die Geräusche, die sie machte, zwischen uns. Ina wurde bei jedem Fehlgeräusch wach und fand so kaum ihren Nachtschlaf, den sie dringend benötigte. Sie reagierte gereizt und ihr Gesundheitszustand verschlechterte sich. Ärger mit Arbeitskollegen, oder einem Chef, der vergaß ihren Lohn zuzahlen waren die nächsten Steine , die man uns in den Weg legte. Die kleinen Höhepunkte, die wir uns gönnten, konnten die dunkle Allgemeinstimmung nicht wesentlich verbessern. Ich hatte etwas Geld für schlechte Zeiten gespart und konnte ein paar meiner Münzen verkaufen.

Fuerteventura

Was wir brauchten, war Urlaub, Abstand von den Widrigkeiten, des Alltags. Mit denen wir hier täglich zukämpfen hatten. Genaue Vorstellungen hatten wir schon, von dem was wir uns gönnen wollten und konnten. So gingen wir also in unser Reisebüro und sprachen mit einer Mitarbeiterin. Sonne. Strand. Meer. Palmen . Ein Land, was nicht zu weit weg liegt, wegen der Flugzeit. Ein Flughafen in unserer Nähe. H P, oder A I. Eine finanzielle Grenze und nicht zuletzt ein Hotel mit Lift. Ein Pool mit Treppe. Leicht hatte es die Frau nicht mit uns. Es sollte auch behindertenfreundlich sein. Die Fluggesellschaft musste über meinen Rolli informiert werden. Die Mitarbeiterin legte uns lächelnd einige Prospekte auf den Tisch und wies uns daraufhin, dass sie persönlich dort schon ihren Urlaub verbrachte und alle unsere Wünsche auf dieser Insel erfüllt würden. Während ich mir mit Ina die farbenprächtigen Kataloge ansah, ging die Reisekauffrau an ihren Schreibtisch. Nach einigen Telefonaten und Recherchen am P c kam sie mit einem Blatt, freudig strahlend zurück. „Ich habe genau das Richtige für Sie, das Palmgarden in Jandia, auf Fuerteventura." Ina und ich sahen uns an. Vor Freude standen uns die Tränen in den Augen. Alle unsere Wünsche würde man uns dort erfüllen können. Herrlich gelegenes Terrassenhotel mit Meeresblick. Liften. Pool mit Treppe. Stadtnähe. Der Abflughafen, war nur eine Autostunde von Kassel entfernt und der Flug würde auch nicht sehr lange dauern. In Gedanken lagen wir schon am Strand und konnten die frische Meeresbriese unter den Palmen spüren. Wenn ich nicht mit meiner lieben Frau hier wäre, hätte ich am liebsten die Reisebürofrau umarmt. Alle Modalitäten wurden besprochen und nach fünf Tagen hatten wir unsere Tickets. Urlaub bedeutete für uns Arbeit. Ina kaufte das Notwendigste ein, kümmerte sich um genügend saubere Wäsche und ich bereitete alles Andere vor, erstellte Listen mit Dingen, an die wir denken mussten. Medikamente. Karten. Wenn ich baden wollte, musste ich mir was für meinen Fuß einfallen lassen Mein Schuhmacher wusste Rat und gab mir einen Gummistrumpf, der mir Halt gab. Bei meinen Therapeuten meldete ich mich für die Urlaubszeit ab. Der Abreisetag rückte immer näher und der Berg an Gepäck wuchs immer höher. Oh mein Gott, mir kamen Zweifel. Wer soll das nur alles tragen plus Rolli mit mir, Ina tat mir Leid. Wir konnten nur auf freundliches Personal und Miturlauber hoffen. Wir sollten Nachts fliegen, also packt Ina das Auto schon am Abend und wir ruhten uns noch etwas aus. So richtig glücklich war sie nicht, es quälten sie Sorgen „so viel Geld, kommen wir überhaupt klar dort, was ist, wenn Dir was passiert?" Meine Antwort ließ sie wieder lächeln. „Ich habe ganz andere Sorgen, was wenn Du nicht mehr zurück nach Deutschland willst, weil es dir dort so gut gefällt?" „So wird es wohl kommen, wenn Du doch nur fit wärst, dann würden wir dort arbeiten." Die Idee auszuwandern hatten wir ja schon vor meinem Schlaganfall. Doch nun ist erst einmal Urlaub angesagt. Schlafen konnte an diesem Abend keiner von uns, so aufgeregt waren wir. Viel zu früh fuhren wir los. Es könnte ja ein Stau oder eine Panne dazwischen kommen. Am Flughafen waren wir die Ersten Urlauber für diesen Flug. Als man uns mit Rolli und Gepäck kommen sah, bot man uns einen bewachten Behindertenparkplatz, für die Zeit unseres Urlaubs an und unser Gepäck wurde schon mal abgefertigt. Ich musste meinen Rolli gegen einen Flughafenrollstuhl tauschen. Gut gelaunt besichtigten wir den gesamten, kleinen Flughafen, bis wir im Flughafenkaffee angelangt waren. Bei einem kleinen Imbiss und einer Tasse Kaffee, beobachteten wir, wie die Maschinen starteten und landeten. Die Menschen wie Ameisen aus den Flugzeugen strömten. Wir fühlten uns gut, wir hatten es getan. Es gab kein zurück mehr. Nun beginnt unsere Hochzeitsreise. Unser Flug wurde aufgerufen. Als wir unser Terminal erreichten, standen dort schon einige Urlauber und drängelten. Die freundliche Flugbegleiterin, die uns den Parkplatz angewiesen hatte, übernahm meinen Rolli und fuhr mich ganz nach vorn an die Warteschlange. Proteste wurden laut, doch meine Flugbegleiterin holte sich von ihren Kollegen Verstärkung. Einen winzigen Augenblick hatte ich schon geglaubt man wolle uns dafür bestrafen, dass ich im Rolli sitze. Ich konnte nicht verstehen, wie man einen Urlaub mit Missgunst und Neid beginnen kann. Anstatt das die froh sind, dass sie ihren Urlaub nicht im Rollstuhl verbringen müssen. Ina streichelte mich. Sie wusste wie ich denke und fühle. Ihr zärtliches Streicheln und das sanfte Lächeln zeigte mir, dass alles in Ordnung war. Wir waren die Ersten im Flugzeug und keiner hatte mehr das Bedürfnis uns zu überholen oder dumme Sprüche abzulassen. Am Flugzeug begrüßte uns der Pilot und die gesamte Crew. Wir bekamen den schönsten Platz mit der größten Beinfreiheit gleich zum Anfang des Ganges. Von allen Seiten verwöhnten uns die Flugbegleiter mit Zeitschriften; Decken, Kissen und Getränken. Nach dem der Pilot nochmals alle Urlauber begrüßt hatte, startete er die Maschine und wir hoben ab, in den Urlaub. Nie hätte ich zuhoffen gewagt, dass ich trotz meiner Behinderung fliegen kann. Doch meine Ina ermöglichte mir alles. Wir waren eine Familie. Ein unschlagbares Team. Nach vier Stunden Flug sahen wir das Ziel unserer Träume von oben und landeten sanft. Beim Abschnallen und Aussteigen waren uns spanische Flugbegleiterinnen behilflich. Sie waren noch hübscher und noch freundlicher zu uns. Der Pilot und seine Crew bedankten sich bei uns, dass wir mit ihm geflogen sind und wünschte uns noch einen schönen Urlaub. Als ich die Treppe nach unten betrat, schlug uns eine subtropische Hitze entgegen. Was für ein Wetter! Wir jubelten. Ina und ich tasteten uns von einigem Flugpersonal begleitet die Treppe hinab. Bei so viel Hilfe fühlte ich mich sicher. Obwohl mir die Knie zitterten. Am Ende der Treppe wartete schon mein Rolli. Ina wollte mich zum Flughafengebäude schieben, doch eine kleine Spanierin hatte meinen Rolli schon übernommen. Traurig, als wolle ihr jemand ihr Reh wegnehmen lief sie, meine Hand haltend neben mir. Wir hatten die Kontrolle passiert und stellten uns an der Schlange des Reiseveranstalters an, bei dem wir gebucht hatten. Die junge Frau rief die Hotels und die Namen der Urlauber auf und wir standen vor dem nächsten Problem. Von hier aus sollte es mit Bussen, zu den einzelnen Hotels weitergehen. Da standen wir nun mit unserem Reise und

Handgepäck, dem Rolli und mir darin. Die arme Ina! Unser Bus stand ganz am Ende. Kaum hatten wir uns mit der Reiseleiterin in Bewegung gesetzt, kam einer ihrer männlichen Kollegen und löste Ina beim Schieben ab. Wir hatten den Bus erreicht und ich stand vor meinem nächsten Problem. Noch nie fiel mir auf, wie verdammt hoch die Stufen von solch einem Bus sind. Doch anscheinend stand dieser Urlaub unter einem guten Stern. Denn es waren schon wieder junge kräftige Männer zur Stelle, die mir zusammen mit dem Busfahrer beim Einsteigen halfen. Stufe führ Stufe kämpfte ich mich, unter Aufbringung meiner letzten Kraftreserven in den Bus. Die Reiseleiterin hatte mir ihren Platz gegeben, da ich keine Möglichkeit hatte mich in einer anderen Sitzreihe zwischen die Bänke zuquetschen. Endlich, wir saßen. Der Fahrer hatte das Gepäck und meinen Rolli verstaut und fuhr dann zügig los. Schnell hatten wir das Flughafengelände verlassen und ein Stück an der Küste entlang ins Landesinnere. Kleine, karge Hütten standen verstreut an den Hängen, riesige Ziegenherden fraßen das üppig Grün der Landschaft. Palmen und Kakteengewächse blühten auf beiden Seiten der Straße. Unser Bus musste oft bremsen, oder sogar stoppen, weil vor ihm Ziegen auf der Fahrbahn waren. Die Reiseleiterin hatte inzwischen ihr Mikrofon ergriffen und erklärte uns, dass Fuerteventura die Insel der Ziegen ist. Und was es noch alles Wissenswertes zu berichten gab. Dann rief sie die ersten Urlauber auf, sich bereit zuhalten, weil wir gleich an ihrem Hotel ankommen. Unser Bus steuerte auf eine riesige Baustelle in Küstennähe zu. Einige der Urlauber fingen zu murren an. Hier wollte keiner seinen

Urlaub verbringen. Doch der Bus hielt vor einer schönen neuen Hotelanlage, vor der große Palmen und blühende Kakteen standen. Sichtlich erleichtert stiegen die aufgerufenen Urlauber aus und stürmten mit ihrem Gepäck in das Innere der Anlage. Ina und ich , wir sahen uns an und küssten uns. Wir hatten Vertrauen, wir wussten, unser Hotel würde uns nicht enttäuschen. Vielleicht waren wir auch nur einfach froh, dass wir es bis hierher geschafft hatten. Der Bus fuhr weitere Hotels an. Einige wunderschön gelegen, andere inmitten einer Baustelle. Der Bus leerte sich. Bald waren außer uns nur noch eine handvoll Urlauber anwesend. Unser Hotel war das letzte auf seiner Liste. Wir fuhren die Küstenstrasse entlang in eine schöne blühende Stadt, mit einer langen Ladenstraße. In der braungebrannte Urlauber den sonnigen Nachmittag in Straßencafes genossen. Vor dem „Palm-Garden". Einem terrassenförmigen Hotel gegenüber dem Meer, hielten wir an und wurden aufgerufen. Optimal! Die Lage war toll, nicht weit zur Ladenstraße. Nahe am Meer, von jedem Balkon leuchtete eine Blumenpracht. Wir stiegen aus. Auch diesmal hatte ich wieder freundliche Helfer, die uns bis zur Auffahrt zum Hotel begleiteten. Oh, oh diese Auffahrt hatte es in sich. Für Rollifahrer denkbar ungeeignet. Wir hatten es aber Dank unserer Helfer bis zur Rezeption geschafft. Die Formalitäten wurden erledigt und nach dem wir uns nochmals bei unseren Helfern Bedankten, fuhren wir mit dem Lift auf unser Zimmer. Dort staunten wir nicht schlecht, die Fotos im Prospekt, welches wir im Reisebüro gesehen hatten. Sie wurden diesem Hotel nicht gerecht. Es war alles viel schöner, als wir es uns in unseren schönsten

Träumen erhofft hatten. Alles Sauber, Übersichtlich, Praktisch. Ich hatte mich kurz in einen der Sessel gesetzt, weil mir der Rücken schmerzte. Da hörte ich einen jauchzenden Schrei, von unserem Balkon. Es war Ina. Mit Tränen in den Augen kam sie zu mir gerannt. „Das musst Du gesehen haben, Liebster!" Sie hatte die dicken Sachen abgelegt und sich nur ein Tuch um ihre Hüfte gebunden „Ausräumen können wir morgen immer noch, heute möchte ich den Abend mit Dir auf dem Balkon verbringen und das Meer genießen". Am Flughafen hatte ich für uns eine Flasche Sekt gekauft und die kam zum abkühlen erst Mal in den Kühlschrank. Als sie sich bückte, um die Flasche in das Kühlfach zustellen, bemerkte ich, dass sie unter ihrem Tuch kein Höschen trug. Was für ein Anblick, was für eine tolle Frau. Ina deckte für uns den Tisch auf unserem riesigen Balkon. Viel brauchten wir ja nicht, nur unseren Sekt. Das Meer rauschte an diesen Abend besonders stimmungsvoll, als wollte es uns ein Begrüßungslied spielen. Gerade als unsere Lippen sich zu einem langen, innigen Kuss vereinten, da ging das Licht an. Wir standen auf einmal wie im Rampenlicht einer Bühne. Abwechselnd wurde es hell und wieder dezent dunkel. Der Leuchtturm er war keine hundert Meter von uns entfernt und zeigt den Schiffen, die wie kleine Lichter draußen auf dem Meer tanzten, den Weg. Uns störte der Leuchtturm nicht. Es war ja unser Leuchtturm, der unser Glück und unser Liebesspiel beleuchten darf.

    Auf unserem Zimmertisch lagen einige Prospekte von Veranstaltungen, die hier so angeboten wurden. Diese sahen wir uns schnell an, um einen Überblick zubekommen, wie wir unseren Urlaub gestalten könnten. Oasispark und Katamaranfahrt hatten mein Interesse geweckt. Doch das musste nicht heute Abend entschieden werden. Wir waren ja gerade erst gelandet und hatten noch zwei Urlaubswochen vor uns. Müde und Erschöpft, aber Überglücklich schliefen wir dann eng aneinandergekuschelt, ein. Am nächsten Morgen dann nach der Morgentoilette und dem Ankleiden, gingen wir zum Lift und fuhren von dort aus in den dritten Stock. Hier war das Restaurant, wo es zum Essen ging. Vor dem Restaurant, war die Poolanlage mit Liegen und einer Bar mitten im Pool. Die ersten Urlauber hatten ihre Liegen, die unter Sonnenschirmen standen, schon mit Handtüchern reserviert. Wir gingen erst einmal in unseren Frühstücksraum und besahen uns das Angebot. Ina schob mich am Büfett vorbei und nachdem wir einen freien Platz gefunden, hatten, besorgte sie das Frühstück für uns. Das Personal versorgte uns mit Getränken. Ina tafelte für uns die Speisen auf. Etwas peinlich berührt sagte sie. „Die halten mich alle für unverschämt verfressen, weil ich schon zweimal am Büfett war." Ich versuchte sie zu trösten „Das sind genau die, die sich im Flughafen beschweren weil wir vor durften, die Angst um eine freie Liege am Pool haben, die eigentlich keinen Urlaub haben, weil sie sich über Alles und Jeden aufregen müssen." Ina stimmte mir zu und setzte sich endlich zu mir. Neben uns saß ein etwas älteres Pärchen, die natürlich alles mitbekommen hatten . Sie zeigten Verständnis für unsere Lage und als wir unser Frühstück beendet hatten, gingen wir gemeinsam hinaus zum Pool. Ich wusste, dass Ina sich sehr auf ihr Meer und ihren Pool freute. Wir hatten Glück. Als wir den Pool auf der Suche nach einem freien Platz für uns einige Male umrundet hatten, wurden an der Treppe die zur Bar und in den Pool führte, zwei Liegen frei. Auf diese beiden Liegen passte ich auf und Ina fuhr hoch in unser Zimmer, die Sachen holen. Noch bevor sie zurück kam, gesellten sich das Pärchen vom Frühstück zu mir und fragten, ob sie sich zu uns legen dürfen. „Ja gerne, bitteschön." Sie kannten die Gepflogenheiten hier und hatten sich auch vor dem Frühstück ihre Liegen reserviert, ich wurde schamrot, weil mir meine kritischen Worte, über die Liegenreservierung, wieder einfiel. Doch die netten Leutchen zeigten Verständnis und so kamen wir auch gleich ins Gespräch. Sie fragten nach Ina. Wo wir her kommen. Warum ich im Rolli sitze und vieles mehr. Ich erzählte meine Geschichte und sie fanden es toll, dass wir es gewagt hatten, trotz aller Widrigkeiten in den Urlaub zufliegen. Als Ina dann bepackt mit unseren Sachen wieder kam freute sie sich, dass ich nicht alleine war, sondern die Gesellschaft neuer Freunde gefunden hatte. Nun stellten wir uns gegenseitig vor und beschlossen, es bei einem freundlichen „Du" zulassen. Ina strahlt vor Glück, ich konnte ihre Wünsche und Gedanken lesen. Nachdem sie uns ein Eis an der Bar geholt hatte saßen wir auf einer kleinen Bank und sahen aufs Meer hinaus. Die Sonne brannte sengend . Man konnte die Nähe zu Afrika förmlich spüren und doch war es angenehm. Der Passatwind blies ein wenig, bis stürmisch. Zur Freude der Windsurfer, die draußen mit ihren Bords auf den Wellen tanzten. Ina nahm mich ganz lieb in ihre zarten Arme und drückte mich an ihren Busen. Sie wusste, dass mein

Herz da draußen auf den Wellen war und das ich so gerne Mal in diesem Surfparadies ein Segel gesetzt hätte. Doch keine Chance, mein Bord werde ich wohl verkaufen müssen. Bis ich wieder so fit bin, dauert es bestimmt noch eine Weile. Aber in Gedanken war ich bei den Jungs und freute mich über jede gelungene Halse, als wäre es meine. Ina hatte die gleiche Sehnsucht, doch ihre Wünsche waren leichter zu erfüllen. Sie liebte es mit ihrem Körper in den Wellen des Meeres zuschwimmen. Diese fragenden, flehenden Blicke sagten mir alles. „Bitte heute noch nicht, heute verspreche ich Dir, gehe ich mit Dir in den Pool. OK?" Ein freudiges „ja" und ein leidenschaftlicher Kuss waren die Antwort. Sie wusste genau, dass es für mich nicht leicht sein würde, sie in den Pool zu begleiten. Aber für sie und nur für sie, würde ich es tun. Wir gingen zurück zu Norbert und Rosi, so hießen unsere Freunde und bereiteten uns auf einen Gang ins Wasser vor. Mit meiner Gummisocke, den Schwimmflügeln, die mir Ina verpasst hatte und meinem Stock, tastete ich mich vorsichtig die Stufen hinab ins Wasser. Als es tief genug war und ich mich am Rand noch festhalten konnte legte ich den Stock auf den Beckenrand und schwamm meiner Frau nach. Ina, die am Pool nie ein Oberteil trug, dass hatte sie bei ihren schönen Brüsten auch nicht nötig, spielt wie eine Nixe im Wasser. Sie Tauchte, Schwamm kletterte raus, sprang wieder ins Becken und tauchte direkt neben mir wieder auf. Norbert schwamm mit mir und Ina ein paar Bahnen durchs Becken. Aber wo war Rosi? Norbert klärte uns auf, „Rosi kann nicht schwimmen." Da mir die Schwimmflügel lästig waren, war ich gern bereit sie abzunehmen Ina nahm sie an sich und konnte Rosi überzeugen wenigstens ein kleines Stück mit in den Pool zukommen. Norbert war begeistert, noch nie hatte es ein Mensch geschafft Rosi ins Wasser zu bewegen. Am Ende unseres Urlaubs konnte Rosi schwimmen. Nach dem Poolbesuch tranken wir Männer ein Bierchen und die Frauen einen Cocktail, Es stellte sich heraus, dass die beiden fast die gleichen Fahrten wie wir gebucht hatten. So lag es nahe, dass wir verschiedene Ausflüge zusammen unternahmen. Wie wir später erfuhren, waren die beiden aus Wien, wir saßen ja nun zu jeder Mahlzeit zusammen an einem Tisch und wer zuerst da war, belegte Liegen am Pool. Leider waren wir ja gezwungen genauso zuhandeln, wie andere Urlauber. Ich hatte Ina ja versprochen, dass ich mit ihr an den Strand und in das Meer gehe. Mit Rollstuhl und Badetasche machten wir uns gleich nach dem Frühstück auf den Weg. Wir mussten die Hauptverkehrsstraße vor unserem Hotel überqueren und hatten es nach einigen Versuchen Dank rücksichtsvoller, wartender Kraftfahrer geschafft, die andere Seite zu erreichen. Nun fingen unsere Probleme erst richtig an. Der Weg zum Strand war geländewagenfähig, aber keinesfalls rollstuhlgeeignet. Loser Sand und feste Steine machten uns die Fahrt schwer. Mein Vorschlag, durch die benachbarte Hotelanlage zum Strand zufahren, wurde von Ina abgelehnt. Sie hatte Angst man würde uns aufhalten, weil wir nicht Gäste dieser Anlage waren. So quälte sie sich mit all ihrer Kraft ab, um dem Atlantik ein Stück näher zukommen. Einige Männer halfen uns auf den letzten hundert Metern, wahrscheinlich halfen sie eher Ina mit ihrem kurzen Strandröckchen sah sie heute wieder sehr reizend aus. Endlich hatten wir einen befestigten Fußweg erreicht. Ina stand auch schon kurz vor dem Zusammenbruch. Wir fanden ein lauschiges Plätzchen, wo keine Steine lagen und sie breitete unsere Decken aus. Eigentlich wollte ich ja im Rolli bleiben, wusste ja nicht, wie ich wieder aufstehen sollte, wenn ich einmal auf der Decke liege. Da kam schon wieder Hilfe, in Form eines kräftigen jungen Mannes. Er hatte mit seiner Freundin etwas weiter hinten gelegen, wir hatten die beiden gar nicht bemerkt. Vielleicht wollten sie auch nicht bemerkt werden. Er bot uns seine Hilfe an. Nun sah die Sache anders für mich aus. Ich legte mich mit seiner Hilfe zu meiner Frau auf die Decke und wir bedankten uns bei dem freundlichen Mann. Ina rieb meinen Körper mit Sonnenöl ein und dann rannte sie auch schon los in ihr Meer, ihre Wellen, auf die sie sich schon so lange gefreut hatte. Dieses Glück hatte sie sich aber auch erkämpft. Die weißen Schaumkronen der Wellen spielten mit ihrem schönen, langen Haar. Eiskalt und zittern kam sie auf mich zugerannt. Ich winselte um Gnade, denn für Kälte war ich überempfindlich. Seit dem Schlaganfall empfinde ich Temperaturen extrem. „Also bitte lass mich leben, ich will Dir auch... geben". Ina akzeptierte meine Angst wusste aber, dass ich mein Versprechen mit ihr zubaden, halten würde. Also berührte sie mich mit ihren angenehm nackten, aber doch so kalten Brüsten. Zwischen Genuss und Kälte War ich hin und her geworfen. „Warte ich bekomme Dich schon wieder auf Betriebstemperatur" und mit einem Griff hatte ich sie neben mir liegen. Mit unserem Badetuch rubbelte ich ihren Körper trocken und kontrollierte mit meinem Mund, ob ihre Brüste nun warm genug waren. „Bitte nicht aufhören," keuchte sie leise erregt. Gern hätte ich ihr den Gefallen getan, doch der Mann von eben kam gerade auf uns zu. „Entschuldigung, wollte nicht stören, wollte Ihnen nur sagen, wenn Sie Hilfe brauchen, bringe ich Sie gerne ins Wasser." Die Hand, die er mir reichte, konnte ich nicht ablehnen und Ina hatte ich es ja versprochen „Danke" und mit vereinten Kräften kam ich in den Stand. Es bereitete mir große Probleme im Sand zulaufen. Ständig knickte ich um und drohte zustürzen. Doch wir erreichten das Ufer. Hier war der Untergrund schon etwas fester und ich fand mit Füßen und meinem Stock besseren Halt. Ina wich nicht von meiner Seite. Wenn ich untergegangen wäre. Wäre sie damals mit mir untergegangen. Das selbe gilt auch für mich. Wir hatten meine Schmerzgrenze erreicht und ich schwamm ein paar Meter mit Ina im Atlantik. Zum Tauchen reichte mein Mut gerade noch so und dann zurück zu dem Mann, der in Ufernähe auf uns wartete. Wir wollten ihn nicht missbrauchen. Waren ja so froh über seine Hilfe. Als wir den Strand erreichten und festen Boden unter den Füßen spürten, kam eine junge, hübsche Frau, mit zwei Büchsen Bier in den Händen, auf uns zu und begrüßte uns. Es war die Freundin meines Helfers. Sie hatte unseren Badeversuch beobachtet und fand wir müssten für unsere Heldentat, mit einem Bier belohnt werden. Ich freute mich über so viel Nächstenliebe und Verständnis. Das Leben kann so schön sein . Auch mit Behinderung, oder sieht man dann alles viel einfacher und klarer? Wir gingen natürlich alle gemeinsam auf unsere Decke und stellte uns vor. Es stellte sich heraus, dass die beiden auch aus Thüringen stammten und Die junge Frau Krankenschwester war. Ihr Bruder saß, nach einem Motorradunfall auch im Rolli und hat den Mut am Leben verloren. Sie wollte ihm von uns erzählen. Als wir ihr unsere gesamte Geschichte erzählten. Wie wir uns am Krankenhausbett verlobten, war sie gerührt. Dieses Pärchen brachten uns dann gegen Abend den Weg durch die Hotelanlage nach oben, zu unserem Hotel. Gut sie wohnten auch in diesem Hotel. Aber sie versicherten uns, dass viele Urlauber diesen Weg zum Strand nutzen und die sind gut zu Fuß. Noch bevor wir den Fußweg durch diese prächtige Hotelanlage betraten, sahen wir noch Mal hinauf, zu unserem Palm Garden. Unser Hotel hatte zwar nicht so viele Sterne und war nicht so prunkvoll, wie das unserer Begleiter. dafür blühten die Blumen an unseren Balkonen in den schönsten Farben. Der Leuchtturm davor rundete dieses harmonische Bild ab. Wir konnten ganz deutlich unseren Balkon erkennen. Wir hatten die Straße erreich und da es noch angenehm war und hell war, gingen wir noch gemütlich die Ladenstraße entlang. Bis zu unserem Hotel war es nicht mehr weit, so machten wir vor einem kleinen Straßenkaffe Rast und bestellten uns ein Eis. Inas Augen wurden immer größer und drohten auf den Tisch zu fallen, als uns der Kellner unser Eis brachte. Das Eis bestand aus einer ausgehöhlten Annanas, war mit einem Stoffpapagei, bunten Federn, Schirmchen Trinkhalmen, Melonen und Orangenscheiben verziert. Angefüllt war die Annanas mit den leckersten Eissorten, Rum und Früchten. Dieser Anblick schrie nach einem Foto, bevor wir das Kunstwerk vernaschen. Keiner traute sich zu beginnen. Da kam der Kellner und fragt uns, ob etwas nicht stimmen würde. Peinlich versuchten wir ihm zuerklären, dass wir erst mit den Augen genießen wollten. Er setzte noch zwei Wunderkerzen und zündete sie an. Es war das schönste Eis unseres Lebens und für uns stand fest, hier gehen wir öfter hin! Auf unserem Weg zum Hotel kamen wir an einem afrikanischen Laden vorbei. Leider war der Inhaber gerade am Einräumen und Schließen. Ein handgeschnitzter Stock viel mir sofort auf. Den musste ich haben. Ina die mich und meine Schwächen genau kannte, umarmte mich zärtlich von hinten und sagte. „Du hast mir so ein schönes Eis spendiert, wir kommen noch Mal hier her, verspreche ich Dir". Erst spät am Abend erreichten wir unser Zimmer. Unterwegs hatten wir noch Sekt kaufen können, für unseren abendlichen Balkonbesuch. Die Erste Woche war fast vorüber und wir hatten Jandia kaum verlassen, nur eine Busfahrt auf einen Berg, wo Aloe angebaut und verarbeitet wurde. Es war sehr Interessant und Unterhaltsam. Ohne uns vorher abgesprochen zuhaben, trafen wir auf unsere Wiener, Norbert und Rosi. Die beiden halfen Ina beim Rolli schieben. Wir waren sehr froh, dass uns immer Mal Jemand zur Seite stand und half. Auf dem Heimweg dann hielt der Bus in einer kleinen idyllischen Ortschaft an. Hier gab es dann ein landesübliches Mittag Miesmuscheln mit Knoblauch, Tomaten und Kartoffeln. Wobei ich ehrlich gestehen muss, dass ich nun nicht der große Tomatenliebhaber bin, also habe ich mich an die anderen Speisen gehalten. Besonders die Miesmuscheln mit Knoblauch hatten es mir angetan. Der ganze Bus roch nach Knoblauch als wir Heim fuhren. Die arme Ina, wenn sie mir half kam sie mir sonst eigentlich recht nahe, heute schien eine natürliche Barriere zwischen uns zusein. Trotz allem, ein toller Tag den wir nicht missen wollten. Es war Wochenende und wir hatten Bergfest. Am Strand. Am Pool und in der Stadt waren wir noch öfters gewesen, aber ich wollte so gerne noch mal Katamaran fahren, wie damals 1998, als wir in der Karibik waren. Im selben Jahr hatte ich ja dann den Schlaganfall. Nun wurden im Hafen von Jandia Fahrten mit einem Hochseekatamaran angeboten. Die jungen Leute, die uns am ersten Strandtag geholfen hatten, hatten uns auch schon von dieser Katamarantour vorgeschwärmt. Das müssen wir uns gönnen! Also machen wir einen Bummel am Meer entlang zum Hafen. Unsere Wiener Freunde begleiteten uns. Die Strandpromenade war gut befestigt und führte uns entlang an den schönsten Hotelanlagen. Zwischen diesen, direkt an unserem Weg, langen kleine Kaffees und Bars. Vor einer Gaststätte hielten wir. Dort bot man auf einem Schild, frischen Fisch und junges Zicklein an. Norbert, der meinen Rolli bis hier geschoben hatte, wollte gern Zicklein essen. Leider hatten wir Pech. Wir kamen zu spät. Gut dann nicht. Ein Bierchen. Damit der Motor wieder läuft und dann erst Mal Pause unten am Strand. Sachen hatten wir ja dabei. Alle gingen baden. Ich hatte keine Lust, „ich passe auf die Sachen auf!" Nach dieser Mittagspause ging es dann weiter zum Hafen. Dort warteten schon Menschenmassen vor dem Kassenhäuschen. Ina kämpfte sich vor und fragt erst einmal, ob ich überhaupt eine Chance hatte mit meiner Behinderung auf das Boot zukommen. Glücklich strahlend kam sie mit unseren Karten und einem Matrosen zurück. Der Matrose versicherte uns, dass die gesamte Mannschaft hilft und es keine Probleme geben wird. Hier führte mich der junge Mann über einen wackeligen Holzsteg hinüber zum Boot. Der Kapitän und seine Crew nahmen mich in Empfang und teilten uns einen sicheren Platz zu. Ina, die vor Angst, Wärme und Anstrengung schon schwitzte, legte ihre Bluse ab. Im Bikini macht sie auch eine gute Figur. Gut das wir die Ersten waren. Das Boot wurde bis auf den letzten Platz gefüllt mit Menschen. Unsere Freunde winkten uns noch zu, als wir dann langsam mit Motorkraft den Hafen verließen. Die Urlauber hatten es sich auf jeder freien Fläche an Deck bequem gemacht und ließen sich von der Sonne verwöhnen. Hinten am Heck des Schiffes waren zwei Jetski im Schlepp. Wir waren ein ganzes Stück um die Insel gefahren und der Kapitän ließ ankern. Wer wollte konnte mit den Jetskis fahren , oder mit den bordeigenen Taucherbrillen Schnorcheln. Die Crew verteilte Essen und Getränke, half nebenbei den Urlaubern wieder zurück an Bord zukommen. Ich nahm Ina in den Arm und fragte, „warum fährst Du nicht Jetski?" „Ohne Dich will ich nicht!" Schade auch, sie hat eben Angst um mich gehabt. Als sie sich gerade überwunden hat, doch eine kleine Runde zu versuchen, wurden alle vom Wasser zurückgerufen. Es war Wind aufgekommen. Der Kapitän ließ den Anker hieven und sagte „wir sind schließlich ein Segelboot!" Es wurden über zwanzig Quadratmeter Segel gesetzt und aus war es mit der Ruhe an Bord. Ein Rennen und Kurbeln. Ein Spannen und Knoten. Wir nahmen Fahrt auf, die mächtigen Segel blähten sich ächzend auf. Der Katamaran wurde immer schneller. Dem Steuermann machte es Spaß sein Gefährt, auf einer Kufe, durch die Wellen schießen zulassen. Die Urlauber jauchzten und schrieen. Angst mischte sich mit Abenteuerlust. Wasser spritzte ins Boot, Ina klammerte sich an mich. Ich versuchte sie zu beruhigen. „Um mich mache ich mir keine Sorgen, aber was ist mit Dir, wenn wir sinken?" Bekam ich zu Antwort. „ich tauch schon wieder auf, wenn nicht wirf mir einen Rettungsring zu". Was dann passierte glaubte ich kaum. Sie wühlte in unserer Badetasche und holte meine Schwimmflügel heraus. Blies sie auf und steckte sie mir über die Arme. Ein kleines Mädchen, dass mich schon eine Weile beobachtete, zeigte auf mich und rief zu ihrer errötenden Mutti „schau Mal der Onkel kann noch nicht schwimmen". Die Mutter hatte ihr Gesicht hinter ihren Händen versteckt. Aber Ina und das Mädchen hatten bewirkt, dass die Crew einige Schwimmwesten verteilte. Denn der Wind wurde immer stärker, wir flogen fast über das Wasser. Ina jauchzte vor Freude. Eine Meile vor unserem Hafen, wurden die Segel eingeholt und wir nahmen langsame Fahrt, mit Motorkraft auf. Für uns eine gute Gelegenheit, uns noch einmal die malerische Küste vom Meer aus zu betrachten. Sogar unser Hotel mit seinen blühenden Balkons konnten wir erkennen. Es hob sich deutlich von den anderen Betonbauten ab. Ruhig und gemütlich, als wollten sich Schiff und Crew von der wilden Fahrt erholen, liefen wir in den Hafen ein und legten an. Wir waren alle noch ganz benommen, als wir festen Boden unter den Füßen hatten. Unsere Freunde warteten schon und wir machten uns auf den Heimweg. Diesmal ging es aber durch die

Ortschaft, die Ladenstraße entlang. Wir wollten ja schließlich noch ein paar Karten, für die Zuhausegebliebenen kaufen und abschicken. Sehr müde, aber glücklich über diesen schönen Tag erreichten wir unser Hotel. Dort setzten wir uns noch auf ein Spielchen mit unseren Freunden zusammen und ließen dann den Tag gebührend ausklingen. Was für uns schmusen bei einem Gläschen Sekt bedeutete. Als wir dann an den nächsten Tagen am Pool unsere Karten schrieben, kam etwas Wehmut auf. Sollte der schöne Urlaub wirklich schon halb vorbei sein? „Wollen wir verlängern?" „Du bist verrückt, ich muss mich doch um Arbeit kümmern!". Bekam ich von Ina vorgeworfen. Sie hatte natürlich Recht, aber das würde ich nie zugeben. Ich war so glücklich, lebte jeden Augenblick aus, als könnte es mein Letzter sein. Vielleicht hatte ich Angst, es könnte sich an unserer Liebe etwas ändern? Vielleicht konnte ich in die Dunkelheit der Zukunft sehen? Oder wollte ich einfach nur das Glück solange halten und kosten, wie es mir möglich war? Ich war ein anderer Mensch seit meinem Schlaganfall. Sah die Welt und die in ihr existierenden Menschen und Dinge mit anderen Augen. Mein Glas war immer halbvoll. Leider musste die Vernunft, meine Wünsche oft besiegen. Konnte ich wissen, dass ich auf Vorrat glücklich sein muss? Eine Woche genossen wir unsere Insel noch in vollen Zügen. Tankten Kraft. In der letzten Woche hatte ich ein Erlebnis am Pool, welches mich schon lange beschäftigte. Mit mir war noch ein zweiter Rollifahrer im Hotel. Wir waren uns schon einige Male begegnet. So auch im Pool. Wir sprachen miteinander. Der Mann war noch jünger als ich. Er erzählte mir er habe eine Knochenkrankheit und sei schon mit der Behinderung auf die Welt gekommen. Nun fragte ich mich, was nun schlimmer ist. Wenn man nie die Freuden und Erlebnisse, die ein gesunder Mensch genießen kann, erlebt hat? Oder wenn man von den schönen Dingen des Lebens, schon genascht hat, ein Erfülltes, Ausgeglichenes Leben, wie ich hatte und dann auf Null gesetzt wird. Ich konnte mir diese Frage nie beantworten. Sicherlich ist jeder Mensch auf seine Weise glücklich. Behinderte freuen sich über andere Erfolge und bringen erstaunliche Leistungen zustande. In unserer letzten Urlaubswoche besuchten wir unseren afrikanischen Freud, in seinem Laden und ich kaufte mir zusammen mit einigen Souvenirs , meinen Stock, den mir Ina versprochen hatte. Diese zwei Wochen waren viel zu schnell vorbei. So beschlossen wir bald wieder zurückzukommen und hier auf Fuerteventura, nochmals Urlaub zumachen. Es klappt schon Mal wieder. Was der Mensch braucht, muss er sich gönnen. Braungebrannt, Erholt, aber mit Wehmut über die Trennung von unserer Insel, traten wir die Heimreise an . Der Rückflug klappte genauso gut, wie der Hinflug und schon hatte uns das kalte, unfreundliche Deutschland wieder. Zu Hause angekommen, erwartete uns ein Berg Post, die wir wie Aschenputtel sortierten. Die Guten ins..., die schlechten weit weg. An diesem Abend passierte nicht mehr viel. Ina räumte nur noch das Auto aus. Ich bestellte uns eine Pizza und nach dem Essen fielen wir in unser Bettchen. So schön der Urlaub auch war, mein Bett hatte mir gefehlt. Durch meine Lähmung benötigte ich das Oberteil meines Bettgestelles, um mich dort festzuhalten, wenn ich mich drehen wollte. Nach einer schönen Nacht, hatte uns der Alltagsstress wieder. Ina hatte noch ein paar Tage frei und ich hatte auch erst in zwei Tagen meine ersten Termine. So konnten wir unsere Arbeiten erledigen.